# 我在光年这端等你

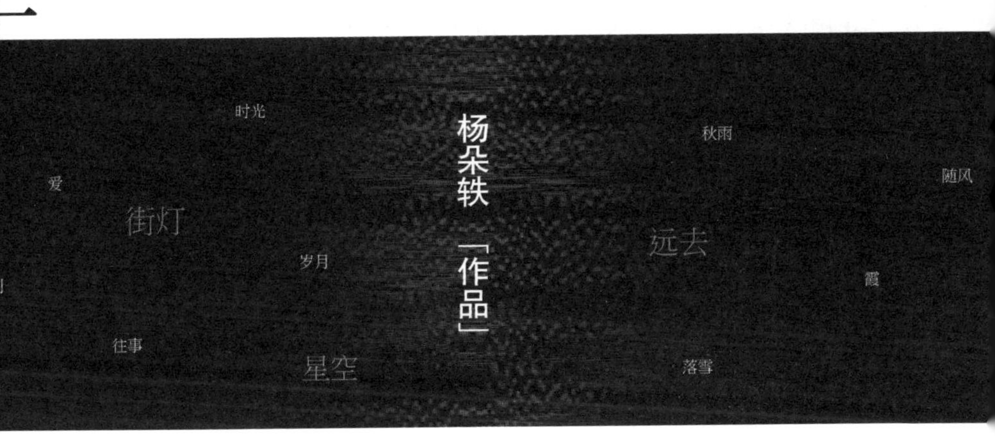


杨朵轶「作品」

夜色倾斜　霓虹灯初初亮起

记住时间　和谁在耳鬓厮磨

而念念不忘的台词　始终是深情款款的一句　你好　我的爱人

海峡出版发行集团 | 鹭江出版社
THE STRAITS PUBLISHING & DISTRIBUTING GROUP | LUJIANG PUBLISHING HOUSE

2017年·厦门

**图书在版编目（CIP）数据**

我在流年这端等你 / 杨朵铁著 . —厦门：鹭江出版社，2017.3

ISBN 978-7-5459-1276-0

Ⅰ. ①我…　Ⅱ. ①杨…　Ⅲ. ①长篇小说－中国－当代　Ⅳ. ① I247.5

中国版本图书馆 CIP 数据核字（2016）第 290124 号

WO ZAI LIUNIAN ZHEDUAN DENGNI

**我在流年这端等你**

杨朵铁 著

---

**出版发行**：海峡出版发行集团
鹭 江 出 版 社

**地　　址**：厦门市湖明路 22 号　　**邮政编码**：361004

**印　　刷**：北京市十月印刷有限公司

**地　　址**：北京市通州区马驹桥北口民族工业园 9 号　　**邮政编码**：101102

**开　　本**：880mm × 1230mm　1/32

**印　　张**：8.75

**字　　数**：219 千字

**版　　次**：2017 年 3 月第 1 版　2017 年 3 月第 1 次印刷

**书　　号**：ISBN 978-7-5459-1276-0

**定　　价**：38.00 元

---

**如发现印装质量问题，请寄承印厂调换。**

# 之联合推荐

在最深的红尘里，阅读朵轶笔下清澈的文字，守望痴情岁月，静听花落流年，亦是人生最美的修行。

**梅帅元**
**「文化大师、中国山水实景演出创始人」**

别理过的情，为爱伤感；
痛过的心，以爱温暖。幸运
你，幸运如我，同在杨朵轶
文字里重温遗失的美好。

**张柏芝「演员、歌手**

于颇具诗意的文字中穿越爱恨流年，等你的是杨朵轶，感受的是艺术美。

**吴永平「艺术家、教授」**

穿越城市里的浮尘，攫取
子上的微光，在朵轶用心
织的剧情里等你，一任流
如洗。

**李玉刚「歌手**

每当夜已静寂时，我就会拿起《我在流年这端等你》阅读，那些迷离优美的文字，经过朵轶先生的排列组合，竟仿佛被施展了神奇的魔法，给我们变化出一个悠长的爱情故事。

**叶一茜「歌手」**

坚贞的爱情、复杂的人性、
结的心情、流转的往事，城
霓虹、人间烟火，都在朵轶
活的文字里淋漓尽致地
现。

**黄维德「演员、歌手**

金融追求控制，而文艺向往自由，在这部小说中，我却看到了融合的力量，可以诚恳地说，杨朵轶绝对是一位值得尊重的创作者。

**李莉「小马奔腾影视董事长」**

我很好奇，一个青春干练
金融高管能够写出什么样
文字？答案竟让我惊喜，《
在流年这端等你》拥有高
的写作技巧，其中流动着
诚、温暖以及哲学意义上
情感思考。

**王琛「华视影视 CEO**

小雅出厅堂，大雅进殿堂，不雅虽只能孤芳自赏，却也叫人流连忘返。自是开卷有益，多愁善感无伤，看看别人是学习，想象自己是反省。我们没有感觉到地球在转动，是因为我们自己就站在地球上，而我，正在流年的另一端等你。

**吴宗宪「主持人、歌手」**

文字如诗，灿若流年，我仿佛看见了一场高品质的爱情电影，朵轶就是导演，操纵着剧情，感动着每一个阅读的人。

**欧弟「主持人、歌手」**

感谢朵轶，让我们能够在倾城的时光里，阅读如水般润滑的文字，找寻生命中最初的简单和美好。

**杨柳「CCTV 主播」**

阅读杨朵轶创作的小说《我在流年这端等你》，心情久久不能平静，随着文字的波澜起伏，感受故事的悲喜交集，我仿佛看见了一部即将大卖的影视作品。

**杜杰「导演、摄影师」**

杨朵轶受上帝恩宠，拥有像明星般的颜值和靓丽光的职场履历，更让人感动是能够在喧嚣的生活中保一颗赤子之心，潜心创作了一部充满着温度和厚度文学作品。

**林和平「导演、编**

杨朵轶笔下富有诗意和理的文字，把人性和情感述得如同一幅美丽绝伦图画。

**明道「演员、歌**

他是文字之旅的苦行者，是视觉美学的记录者，他时尚文化的传播者，他是本运作的弄潮者，他是杨轶，他跨界而来，他在流年这端等你。

**陈晨「BTV 主**

高富帅一杨朵轶笔下的年，看似轻描淡写，文字并非玩票，整部作品显示专业的写作水准，拥有着人心魄的力量。

**西岭雪「作家、《爱人》杂志主**

献给爱 与 时光

我们的生活 不仅有诗 也有远方 静听 「白夜梦蓝」

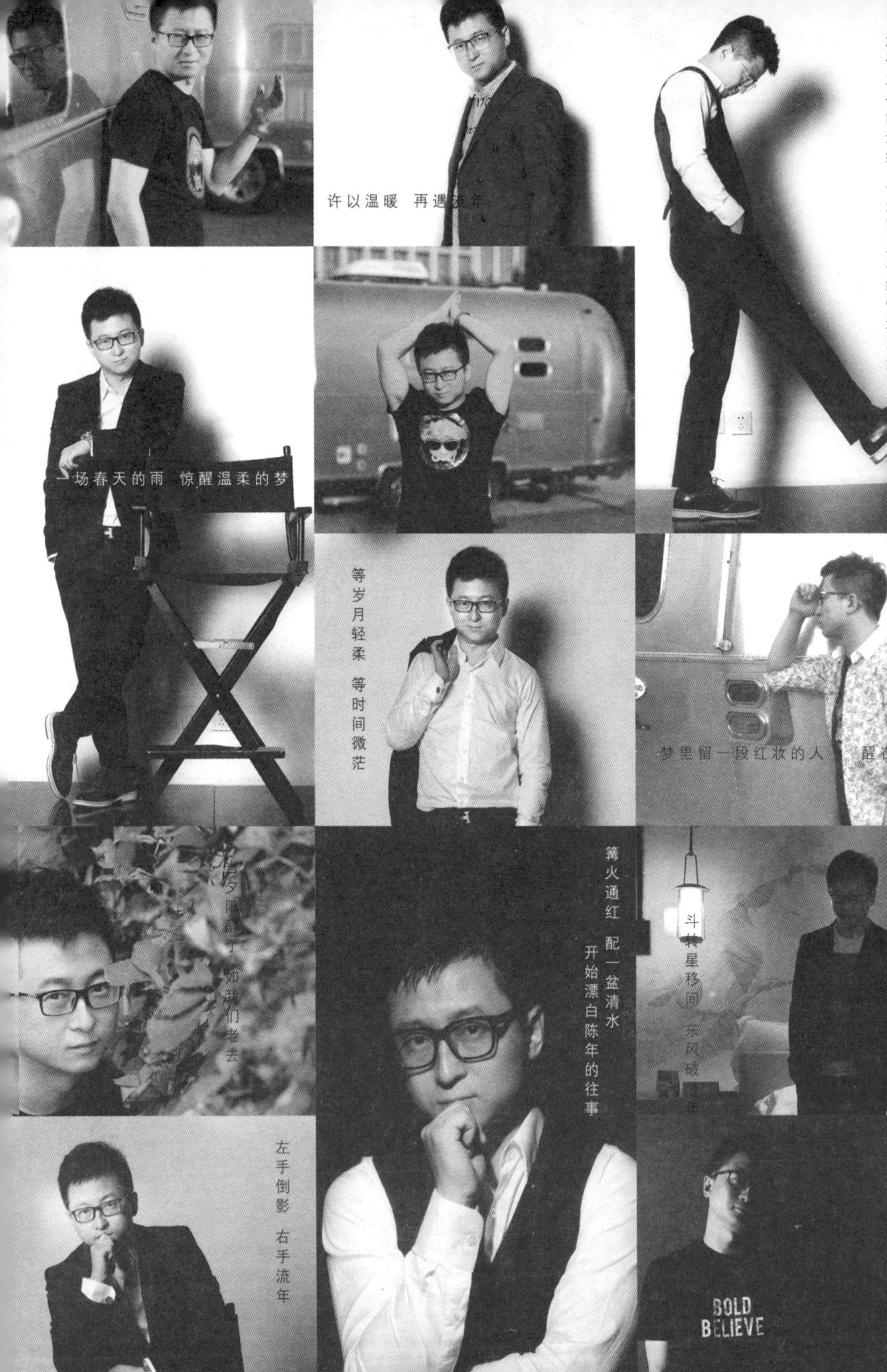
许以温暖 再遇流年
一场春天的雨 惊醒温柔的梦
等岁月轻柔 等时间微茫
梦里留一段红妆的人 醒
如我们老去
篝火通红 配一盆清水
开始漂白陈年的往事
斗转星移间 东风破
左手倒影 右手流年
BOLD
BELIEVE

等待 流转最初的缠绵
穿行冷暖红尘
卧听廊桥秋雨
徒留南窗 等西风
老了少年 长了沧桑 远去了故乡
却远不过唐代
花非花 雾非雾
天之涯
依稀江湖相忘

# 目 录

我在流年这端等你

如果真爱过你，我就不会忘记

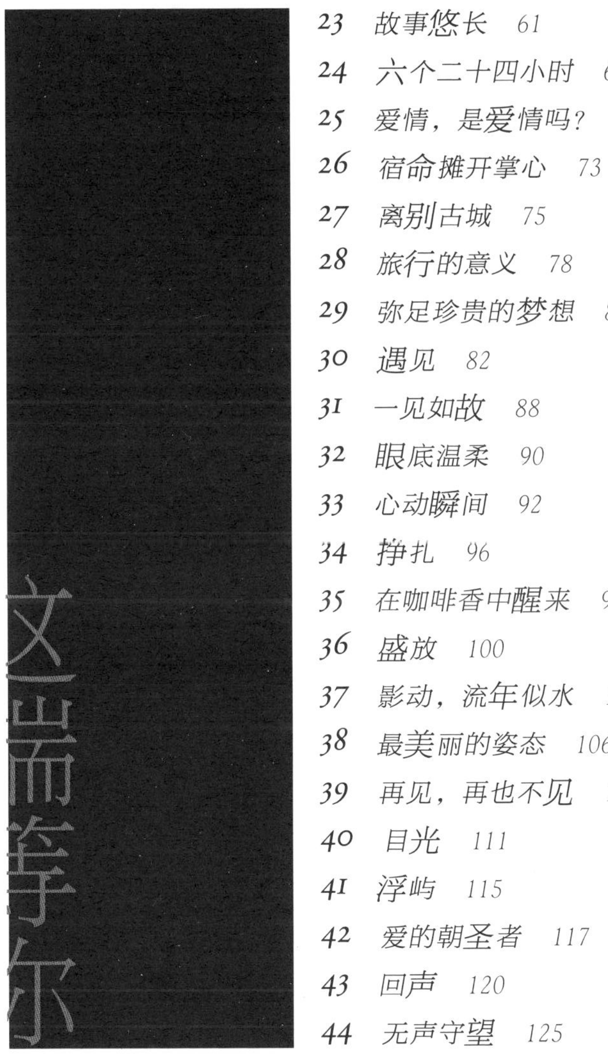

# 目录

## 这端等你

梦流年　满池伤　终究不能相忘

等岁月轻薄　等春光　浮散　终究可以将你守望成最美的风景

# 最好的文字，一定出自我最爱你的时候

——写在《我在流年这端等你》之前

初冬，我怀揣着蒋勋的《无关岁月》和庆山的《春宴》不断地在城市中游走。没有方向。默然辗转。

对文字有深度依恋症，独行，偏好冷静。
舞文弄字，遣词造句，我选择做一个怀旧的人。

许多人在旅途中学习流浪，不停地遭遇某些人，然后不停地分离，不停地遗忘。后来才知道，能够陪伴到终点的，仍是自己的身体。

我在每一个经过的 STARBUCKS 里端坐，掏出随身的速写本，用暗色水彩笔涂抹出一朵娇艳的花。花瓣很小，底色深蓝，像暗夜悄然开放的精灵，然后撕下，贴在橱窗的临街面，接受阳光的洗礼。终于画满 29 朵，像是完成了心底的承诺，可终究，还是等不到期待的重逢。

游。宇。小雅。恩和。感情纠缠，情绪纷乱，一度书写困难，所幸坚持下来。关于爱的文字，本身就有前行的力量。

晚上被噩梦惊醒，爬起，站在宽大的露台上，抬头，看见星斗漫天。
下面是深不可测的黑暗。暗蓝色的寂寞黑暗。空空荡荡。渺无边际。

那时还叫安妮的庆山说过，你可以试试飞行。像一只鸟。她说。有一天我发现，飞行能带我脱离这里。在黑暗中飞行的时候，我以为自己是一

2

只迷茫的飞鸟。无助地飞。飞过原野。高山。湖泊。村庄。可是它的方向是下坠的，所以，就没有了所谓的远方。

远方是流年的影子。而我，以最虔诚的姿势，站在时间的另一端，怀抱最深沉的寂寞，用力凝望，用心等候。

我是个用孤独姿态写作的男子，始终带着无伤的矜持。白昼的时间总是有限，而黑夜却广漠无边。在内心深处，始终相信，总是有一些人，如我一样清醒，暗夜无法入睡，也发不出任何声音。像是在等待一场盛大的仪式，又像是在洗练一首静寂的诗篇。

而爱情是什么?

杜拉斯说过，在自己面前应该一直留有一个地方，独自留在那里，然后去爱，不知道是什么，不知道是谁，不知道如何去爱，不知道可以爱多久，只是等待一次爱情。也许永远都没有人，可是这种等待，就是爱情本身。

杜拉斯还说过，爱之于我，不是肌肤之亲，不是一蔬一饭，它是一种不死的欲望，是疲惫生活中的英雄梦想。我真的特别喜欢这一句。

请记得，最好的文字，一定出自我最爱你的时候。

请记得，如果真爱过你，我就不会忘记。

## 1. 狂躁的泪水

那微弱浅淡的光点，
仿佛迷失方向的魂灵，
在漆黑厚重的夜幕中彷徨。
……………………村上春树

对于时间，宇的感觉一直很迟钝。从什么时候开始喜欢上摄影，已经记不起来了。那些黑色白色彩色的图画，始终在宇的脑海中缠绕，产生沉溺的幻觉和快感。恍惚中如同缺失了一段根深蒂固的记忆，竟不如一场少年春梦来得真实。

从乡下回到城市，宇就有了失眠的习惯。在黑暗的房间里，不断地从床上起来，找到瓷杯子，大口喝水。学会抽烟。时常拿起相机，来回走动，对着角落里的物体拍摄。目光敏锐，试图寻找安慰。

CD 机里播放着狂躁的摇滚音乐。痛仰乐队在反复吟唱着一个地名，安阳。安阳。安阳。激昂狂野的音乐中，宇逐渐变得不安，内心冲动，产生破坏的欲望。

往事浓烈，像一杯熟透了的咖啡，任时光流逝，却怎么也无法化开心底琐碎的浮尘。那个穿着白色裙子和帆布鞋的女孩，那个扬起脸时下颌有着完美弧线的女孩，一次次在睡梦中出现，一次次又在梦醒时分消失。当梦魇成为习惯，每个夜晚都会感觉寒冷。

烟花易冷。今夕何年。

小雅，你还好吗？我很想见你。宇一遍遍地在心里无声地诉说。

那一年，宇刚刚从中学毕业。突然之间，也就是在突然之间，宇感觉到了莫名的孤独。沉闷的空气里，有想自由呼吸的渴望。

宇走出房间，坐了近一个小时的车，到城市边缘的一个酒吧里观看一场地下摇滚乐团的演出。喧嚣激烈的气氛，此起彼伏的呐喊，沉闷压抑的鼓点，尖锐嘶哑的歌声，一切都让宇感到兴奋。此刻，思想像是一匹奔腾的马，开始在幽深碧绿的草原里自由地驰骋。

宇感觉到久违的快乐。

离开酒吧，宇和同行的乐迷话别，独自走在深夜寂静的马路上。黑夜如同一张无边的网，将大地笼罩。宇身陷其中，像个孤独的孩子，忽然又不知道自己想要的是什么。没有了音乐的刺激，生活恢复如常。

宇再次感到失望，他一边走着，一边用手背擦去眼角悄然落下的泪水。

## 2. 穿行，在一幅苍白的画中

手指被潮水卷回沙滩，
还带着兴奋的战栗。
……………………虹影

在空荡荡的客厅里，母亲看着宇的眼睛，她有些担心。她不知道宇在想什么。宇一直低着头，长时间地保持沉默，像一棵孤傲坚韧的树。母亲想尽了各种办法，都无法和宇获得亲密的交流。终于，母亲叹着气离开了。这个善良温纯的女人，总是不忍心发狠对待自己的孩子。

宇的头发越来越长，脸色苍白。他长时间地将自己锁在房间里，戴着硕大的黑色耳机躺在床上听激烈的音乐。关着灯，掉落一地的烟头。

晚上，失眠的宇听见父母在隔壁房间里的对话。父亲低沉地说，我看还是带他去医院看看病吧，如果这样持续下去，迟早有一天，会出大问题。

某个阳光明媚的上午，父亲母亲一起送宇去医院。路上行人很多，纷纷面无表情地在大街小巷中穿行，像一幅苍白的画卷上被高明的画师点上去的一个个墨点。宇跟在他们的身后，乖乖地走着，如同一个安静的孩子，看不出与其他人存在任何的不同。

医院里人声嘈杂，充满不安。宇从兜里拿出烟来抽。父亲在一旁呵斥，伸手夺下刚刚被点燃的白色中南海。空气混浊，情绪恍惚。宇弯腰坐了下来，门诊外的长椅让他昏昏欲睡。

医生带着白色的口罩，宇看不清楚他的脸。医生告诉宇，把头靠近一点儿。他不断地向宇提问题。姓名。年龄。身高。体重。爱好。喜欢的颜色。想去的地方。父亲显得有点儿局促，声音颤抖。他是不是精神出现了问题？医生，拜托您帮忙给好好看看。他从前是个很乖巧的孩子。医生抬起头瞥了一眼，脸上流露出不耐烦的情绪。例行公事问询后，开出了一长串的药单，用冷漠的声音说，去大厅的窗口划价交费，然后去药房拿药，回去按照说明服用，等这些药吃完了，带孩子再来复诊。父亲毕恭毕敬地拿过药单，眼神充满感激。

整个过程，宇保持着寡言少语的习惯，内心里却感觉到荒唐和无谓。

医生开的药宇没有吃，随手扔进了楼下的垃圾桶，还向桶里吐了口唾沫。医院也没有再去。母亲的泪水让人绝望。父亲一天比一天沉默。他们的眼里隐藏着深深的忧愁。

终于有一天，父亲走进宇的房间，把宇的 CD 和耳机用榔头狠狠地砸碎，从窗户扔下楼去。那些宇拍摄的灰暗色调的照片也被一把火烧掉了。它们像是瓶中的魔鬼，让宇兴奋，却让父亲惧怕。

宇拿起相机，转身出门。门外阳光灿烂。父亲追过来拉起宇的手，宇重重地甩开。那一瞬间，宇突然感到了父亲的无能为力。这个温良的中年男子，被现实无情地灼伤。

奔跑了几步后，宇停下来回望父亲的脸，那些被生活压迫的痕迹，深深浅浅的皱纹，内心里开始充满歉意。

宇走回来，对着父亲说，我和你回去，做什么都可以。只是，不要阻止我摄影。

宇开始了另一种生活，剪短头发，穿上干净的白色衬衫和蓝色的牛仔裤，努力地学习，恢复了童年时的乖巧，希冀为空虚的灵魂找到一个干净的出口。

## 3. 文字中的隐秘快感

我们的身体虽然丰满，
却没有脊梁来支撑。
……………………许知远

所有的人都匆忙地在自己的生活线条上行走，有人走直线，也有人走曲线，只是很多人的眼中并没有显现出前进时坚定的光芒。这么想的时候，游已经在肯德基大叔温暖的笑容背后坐了三小时五十七分。

在这三个多小时中，游专注地看着每一个或匆匆或漫步经过玻璃幕墙的行人，看着不同的背面和侧影。她觉得他们都是有故事的人，都有值得书写的秘密花园。偶尔会有人转头望进来，也许，那只是无意识的一瞥。每个人心中都有不安全感，有被人窥探的敏锐直觉。可这一瞥，就不可避免地会和游的目光相撞击，她也并不回避什么，只是淡淡地报以一个浅浅的笑容。可是她发现，他们的目光始终冷漠，甚至不屑。

游的胃不好，稍微一饿就会疼痛，于是长期吃药。她还惧怕肥胖，所以不敢多吃饭。游全身的肌肤因为熬夜和严重的药物反应变得很干燥，但她从不化妆，她喜欢缺陷美，她固执地认为有一点雀斑会很性感。她也只看任何带着沉重遗憾的故事，总认为忧伤的格调才具备蛊惑人心的美感。

游曾经在一家外文书店里买下了《英国病人》所有版本的影碟、书籍和原声音乐大碟。她格外喜欢这个异化的爱情故事。

游喜欢文字。喜欢涂抹文字时所获得的那些隐秘的快乐。在游的日记本首页，写着这样的句子：

“生命里的种种快感，需要用诚实的文字来记录。我喜欢激狂文字背后丰盈的生活。”

肯德基大叔的笑容温暖而亲和，即使不是就餐时间，也不见普通餐馆在这个时间段的萧条和冷清。人们分散地坐在餐厅的各个角落，在时尚的西洋音乐中，脸上泛着幸福的红晕，看起来内心满足、悠然自得。

游又点了一杯咖啡，慢慢撕开附送的银色调味盒，浓缩的牛奶缓缓倾泻。她喜欢看那白色液体沿着杯壁渗入那浓黑的深邃中，喜欢看两种截然不同的颜色彼此拥抱融合。

每一次都是不同的体验，只是结局都是一样的。始终忠实于自己内心的人，却往往拥有艰难的生活。

游一直无法容忍纯咖啡的苦涩，就好像每天都要下咽的中药一样。游想起了恩和说过的话：“咖啡的本质像生活。在经历了苦涩之后，才能品尝到足够的甘甜。”游觉得自己喜欢恩和，他不仅会调酒，有时候还像个哲学家。

游试图忘记恩和。恩和曾经说，游，你是忍受不了生活悲哀的孩子。就是因为你喝不下一杯苦涩的咖啡。你需要去尝试。尝试接受你所不习惯的人或事。

也许你说得对，可是我做不到。游默默地在心里说。

## 4. 记忆里的童年

时间过去了好久好久。
压缩在记忆里，
像是薄薄的一片玻璃标本。
……………………郭敬明

小时候，宇很胖。常常会莫名地流口水。父亲长年在外做运输生意，母亲性格温纯，操持一家人的生活。

宇那时反应迟钝，没有人愿意和她玩，因为所有的游戏他都不会，也不知道如何学习。同龄的孩子们都嘲笑宇，他们会在宇的母亲不在的时候，使劲儿捏着他圆圆的脸蛋说，你个小傻帽儿。宇抬头望着他们，不说话，也不反抗。

童年的宇心里就很明白，自己不想和他们在一起玩耍，也不想过和他们一样的生活。

宇开始一个人玩，阅读那些放在高高的书架上的书。有阳光的时候，宇会搬张凳子到外面，坐下来独自阅读。院子里很安静，偶有麻雀从头顶飞过，不留痕迹。宇有些字看不懂，就会使劲儿地想，他喜欢这种感觉。宇知道文字不会嫌弃自己，它们可以安静地陪着他。有时候会有大一点儿的孩子经过宇的身边，抢宇手里的书，扔在脚下，狠狠地踩，脸上露出满足的笑容。宇不哭，只是抬头看着他们，痛恨的眼神，嘴角有咸咸的液体。后来母亲看到这一切，把宇紧紧地抱在怀中，泪水打湿了宇的脸颊。宇仰起头，拼命地闻着眼泪的味道。

想了很久，母亲决定将宇送到乡下的外婆家，因此宇的童年与很长一段青春期都是在乡下度过的。

宇的外婆有一双长年流泪的眼睛。成年后，母亲跟宇说，那是因为宇的舅舅在几年前患病去世后，外婆不停地哭，把眼睛哭坏了。吃饭的时候，外婆会用衣角不停地擦眼泪，那种感觉就好像在看一本充满悲剧色彩的书，通篇都是有关泪水的诉说。

宇就这样隔着桌子安静地看着外婆，看着她流满泪水的脸，以为这就是生活。

外婆家的屋后，有一口水井。经年的潮湿，使井壁和地面都长满了碧绿的青苔。在夏日的午后，宇喜欢趴在地上闻上面散发出的淡淡的青涩味道。水井后的空地是背阳的，阴暗潮湿。每天外婆都会搬张凳子让宇坐在那儿。宇就会不断眺望那条通往村口的小路，期盼着母亲熟悉的身影出现。

不断有人从宇身边经过，来来往往像游动的鱼。黝黑的脸庞，沾满泥土的裤腿，被岁月压弯的背。

一切都让宇感觉陌生。宇开始想念北京。想念都市生活。

早晨，外婆会带宇去几里外的集市买菜。遇见不同的人。他们的眼睛是善良的，有温暖的瞳孔。外婆牵着宇的手，向他们介绍自己的外孙，脸上有幸福的表情。宇抬起手，使劲擦着往下流的口水。

宇是金牛座的。据说母亲生宇的时候，是正午时分。后来，看到星象书，才发现金牛座的人其实具有极其复杂的个性。张扬怪异，感觉敏锐，略带神经质。爱好文艺，习惯孤独，并且固执。

在外婆家住了一段时间之后，宇突然得了一种怪病，会莫名其妙地流鼻血。那时宇的鼻子像是关不上的水龙头，哗啦啦地往下淌血。外婆眼睛里的泪水更多了，宇的舅妈像疯了一样为宇找药治疗。舅妈是一个心地善良的女人。在舅舅去世后，外婆曾多次劝她改嫁，她却没有回应。舅妈对宇如儿子般亲切，让宇感觉欣慰和满足。当时宇躺在堂屋的竹床上，脸色苍白，四肢无力。所有的人都以为宇要死了。舅妈跪在旁边，眼泪扑簌簌地往下掉。宇嘴里不停地喊，妈妈。妈妈。我想妈妈。舅妈抱起宇，紧紧地用胸口贴着宇的脸。孩子，不哭，舅妈在。宇哭了，第一次尝到了眼泪的味道。

外婆和舅妈去山上的神庙烧香，花了很多钱请庙里的道士来给宇看病。道士号了宇的脉，又看了宇的舌苔，写了一个符，贴在了南向的窗上，说宇命大，会没事儿的。

在试了葱头泡水、炒盐敷脚等几种道士开出的土偏方后，血奇迹般地止住了。宇像开春的柳条，又吐出了新鲜的嫩芽。

## 5. 小雅

今夜之后，
我为你而留下的痕迹，
不会比一座沙堡更多。
…………………席慕蓉

在宇上学的乡镇中学里，他是班上唯一一名来自城市的学生，说着标准的普通话，穿着纯白的衬衫，偶尔还会喝一杯泛着褐色泡沫的可口可乐。宇依旧和在城市时一样，总是坐在教室的一个偏僻角落里，不爱和其他人说话，孤独地看着宽幅的黑板或者遥远的窗外。

生活对宇而言，仿佛和从前并没有什么特别的不同，只是这里不再有人欺负他。淳朴的同学们都选择远远地观望这个来自城市的同类，像看动物园里那些珍奇的动物。

宇并没有感觉到任何的不适，或者说他并不在乎别人的看法。他是内心平淡坦荡的孩子，有着超然的态度，享受自我的生活方式。上学。放学。吃饭。玩耍。阅读。睡觉。

宇走过乡间的小路。路不太平整，沥青中间包裹着一些琐碎的石子，柔软的 CONVERSE 帆布球鞋踩上去，会发出咯吱咯吱的声响。山在远处，西南方两山之间有较大的落差，呈现出巨大的 V 字造型。宇喜欢黄昏时一个人走在放学路上，抬头看天空青蓝色的云团，背景是晚霞染红的大片天空，绵延铺展，如同一幅色彩华丽丰盛的西洋风景画。偶尔有牛和羊，在路边闲散地经过，宇轻轻地吹响了口哨，草丛中有三三两两的蚂蚱高高跃起，宇感觉到内心的自由和年少轻

浮的快乐。

宇的性格内敛，虽然不爱说话，但学习成绩良好，懂得礼貌，深得老师喜欢。宇和别人的交流很少，一直默默地成长，像是熟知岁月长久的少年，从来不惊不惧。他喜欢自己这样的状态，不被别人打扰，独自收藏内心微小的快乐。

直到某天小雅的出现，如同蔚蓝静寂的天空掠过一只桀骜的飞鸟，打破了宇内心里惯性的平衡。

宇清晰地记得初见小雅的那天。小雅被老师领着，从教室的门口进来，白色的裙子，高帮 VANS 帆布鞋，露出白皙修长的小腿，是身体单薄表情冷漠的女生，扎着孤傲的长辫子，头发很黑。她仰起头来，下颌的曲线有完美的弧度。

老师告诉同学们，这是从城里转学过来的新同学，她叫小雅。瞬间，宇感觉到内心一阵剧烈的颤动。小雅。他记住了这个名字。

小雅坐在和宇隔一个过道的位置，上课时总是把课本竖起来，侧脸趴在桌子上睡觉。宇看着她，嘴角露出轻微的笑意。下课铃响，小雅站起来，轻声地问宇：你也是从北京来的吧？宇点了点头，眼神专注而干净，还用手整理了一下身上白衬衫的领子。

和宇的反应不同，大多数同学并不喜欢这个新来的桀骜女生，他们反感小雅身上的反叛和高贵，觉得她和他们并非同类，对她采取孤立和漠视的态度。老师们也不喜欢小雅，总在给她的评语中写着：上课睡觉、不写作业、性格张扬、无礼貌。小雅对此无动于衷，她只和宇说话。

从此，放学路上，宇不再一个人行走，他的身边是小雅。小雅背着碎格子的 JANSPORT 双肩包，纤细的手指撩动裙摆，脚步轻盈，像一朵行走的莲花。宇沉默地走在小雅的旁边，咖啡色的条绒裤子因为摩擦发出轻微的声响。

清凉的山风从两人的中间穿过，宇和小雅都能感觉到一种轻薄的幸福。

## 6. 穿行

你看这世界，
难免爱浮华，
爱假装，爱谎言，爱虚空的一切。
但是，某处地方，总是干净。
安详。
某些人，总似飞蛾挨近火光。
……………………路佳瑄

小雅对学习无兴趣，却在其他方面显示了超强的能力和专注。她爱好阅读和绘画，可以熟记唐诗宋词元曲，也能够在白纸上轻易地画出各种衣服的制作图形。她教给宇许多事情。辨认昆虫、植物和星座，手工制作小型工艺品。很多时候，宇会显露出纯真的男童气息，倾听的姿态中埋伏着莫可名状的臣服与欣赏。

宇的姿态令小雅十分欣喜。她始终都知道如何把握他们之间的距离，并从中挖掘出适度的幸福感。

高中一年级。宇的十八岁生日。母亲选择了一辆 MERIDA 山地自行车作为成人礼，发快递给宇。车身浅蓝色。宽胎。弯曲的车把。碟刹。高弹力减震。快拆功能。宇十分喜欢。迫不及待地骑上车子，响亮地吹起口哨。车后的座位上坐着小雅，手中拿着一枝无名鲜花，身体不停地摇摆。她说，宇，往那边，往那边。宇。快点儿，再快点儿，能不能再快一点儿。

他们在路上飞快地骑行，追逐着天边流动的云朵。上坡下坡，穿越草地溪流。掠过的风把地上的黄色树叶吹动，浮动的灰尘在空气中蔓延。骑得累了，宇跳下车，双臂倚着车把，大口大口地喘气。小雅递过去随身携带的矿泉水，宇接过来一饮而尽，然后用力地把空瓶子扔下深谷。两人一起大声地呼喊对方的名字，听见山谷中传来起伏不断的回声，终于相视而笑。他们的世界自在清净，不被旁人打扰。

把车子斜躺着放在地面上，两人并肩坐在路边，一直坐到黄昏。看见红色的太阳一点点坠落，直至消失在遥远的地平线，天边出现一抹抹美丽的晚霞。月亮升了起来，洒下温柔的白月光，笼罩着一对不知天长地久的少年。

回去的路上，宇骑得很慢。小雅从包里拿出手电，点亮，照着前行的道路。路有些颠簸，小雅把身体紧贴在宇的后背上保持稳定。骑行的过程中，宇能感觉到她身体的温度。有风，小雅的头发飘动，少许发丝触碰到宇的脖颈。他回头看她，在黑暗中看见她的眼睛。眼已低垂，映衬淡色阴影。暗蓝成疾。持久迷人。

一段弯曲的路途后，小雅从车上跳下，双脚着地。微微一笑，对宇说，宇，晚安。然后转身离开。宇目送着她穿过围墙，打开房间的门，才独自骑车回家。

回家路上听见山地车转动的车轮发出咯哒咯哒的链条声音，宇竟觉得这声音如此好听。

## 7. 白色的吻

仿佛只要有这个动作，
所有的问题都可以超越期待和怀疑。
……………………棉棉

我带你去看你没有见过的风景，好吗？小雅轻声地对宇说。宇点了点头，对于小雅，他从来不会拒绝，温顺得如同幼小的宠物。他们并肩走在一条宇从来没有走过的小道上，一路静寂，只能听见两人疏落的脚步声。

冷冷的月光从树缝中照下来，可以看见近处齐腰的灌木丛林，稍远处就已是一片黑暗了。

你怕吗？小雅问宇。宇看着小雅，面色苍白，却不说话。小雅呵呵地笑，伸出手指拉起了宇的手。宇感到一种带着温度的柔软，从指尖迅速地传递至心脏。瞬间，宇的血液变得缓慢下来，眼神却一点点明亮起来。

小雅的步伐逐渐加快，后来干脆跑了起来，宇紧紧地跟着，不动声色，像是小雅的影子。他们牵着的手指始终没有分开，两双白色的球鞋有节奏地交替前行。黑色的丛林被他们甩在了身后，月光渐渐点亮了眼前的路。

小雅在一个拐弯处停了下来，转过来用身体挡住宇。宇，你把眼睛闭上。宇低下头来，轻轻地闭上眼睛。她拉着他，走向目的地。

得到小雅的允许，宇缓慢地张开眼睛，看到一池平静的湖水，如同无痕的镜面，柔顺地陈列在前方。皎洁月光投射在涟漪上，融合闪烁，星辰的倒影漂浮在幽蓝的水面，荡漾着神秘的气息。湖水的周围环绕着静寂的山，淡淡的水雾从山脚攀缘而上。近处头顶有几只萤火虫逡巡飞行，留下一道道金黄色的轨迹。

只在梦里出现的画面，此刻在宇的眼前竟然清晰起来。

小雅拉着宇走到了水边，弯腰蹲下来，用手掬一捧水，泼向宇的脸。少年白皙的面颊感觉到一阵清凉和湿润。宇的童心雀跃起来，也探身去舀脚下的水，回泼向小雅。小雅闪身躲避。你来我往，两个人在水边喧闹起来。

长久以来，寂寞对少年时光的无情侵占，就在此刻，统统归还给了宇。宇感觉到从未有过的快乐从心底释放，在被清凉的水滴打湿的一瞬间，他觉得自己看到了久违的光。

小雅，就是他的光。清醒的光。暖心的光。有魔力的光。一往无前的光。

小雅在水边脱去了白色的帆布鞋和白色的棉线袜，坐在岸边的石头上，把双脚送进水中，交替地敲打水面，入水的脚趾激起少许明亮的水花。月亮的倒影开始显得婆娑，晃动的姿态散发谜样光环。如同这个女孩，矜持高贵，纯真诱惑，让宇沉迷。

风一直在吹，宇脱去的白色衬衫在风中移动。年少的情感滋生泛滥。自由像风一样滑行。小雅习惯性地扬起头来，下颌弯曲的弧线和微微隆起的胸线在月光下越发完美。宇像中了魔一样走过去，放下所有的羞涩和自持，从身后紧紧地抱住小雅。青春的身体在瞬间伸长，荷尔蒙以秒计数成倍地放大。寂静宁夏。不安和爱。小雅回过头来，直视宇的眼睛。他们的唇彼此纠缠，过程柔顺而又挣扎。

瞬间春潮涌动，彼此已然遗忘绝美的风景。他们只想闭上眼睛，将自己与世界隔离，沉溺在两个人已然融合的小宇宙里。

选择了就必须承受

而承受之后 就是残酷

## 8. 泪痕

午夜梦回时的那一霎潮湿，
似乎已有了落处了。
……………………司马中原

修长，能够延伸想象；修长，能够释放迷茫。游迷恋一切修长的事物，比如恩和修长的手指、恩和修长的手臂、恩和修长的小腿、恩和修长的脸。

游和恩和一起拥抱着躺在床上。

为什么我们现在能在一起？游轻声地问恩和。请别跟我说诸如缘分这样的话。

或许是欲望吧，本能的男欢女爱。恩和开始用蓝白格床单擦自己的树脂眼镜。银色钛制的边框，有着修长的镜腿。他的话总是毫无遮掩，苍白直接。

游，所有的东西都应该以简单的形式呈现，别想得过于复杂。恩和又淡淡地补充了一句。

游笑了。笑得很无奈。这是他们的对话，她和他从来都没有在言语中找到共同的思想交集。

游的母亲有着不幸的婚姻，离异后游成了她的唯一，母女相依为命。缺少男性关爱，家显得空洞苍凉。游一直希望有个男人用厚重的声音很执着很肯定地告诉她，游，你是我的。语气简单坚硬，大男子主义，能够让她放心地与之相濡以沫。

遇见恩和，这个穿湖蓝色衬衫有着深邃眼神修长手指的男孩子，游就糊里糊涂地恋上了。一往情深的年轻感情遭到母亲的强烈反对，连日争吵后，游终于选择背叛母亲，带着脸上鲜红的掌印离开母亲，去了恩和租住的房子。

恩和在一个灯光暧昧的酒吧“Seven Stars”做调酒师，手指轻舞，能炮制出不同颜色的鸡尾酒。游最喜欢MOJITO，被酒精中和的液体泛出一种诡异的蓝，表面浮着两片金黄色的柠檬，彩灯摇曳，酒影绰绰，散发诱惑气息。

透过清澈的玻璃杯，游看见恩和少年老成沉静忧郁的脸，心里没来由地迷恋。

恩和从没有对游说过我爱你我会疼你一辈子之类的话，誓言与他无关，态度永远都是无谓，表情始终都是淡漠。那晚恩和也不问游脸上掌印的来历，只是抱着她，在红色的沙发上一遍遍地做爱。他的手掌落在她纤细的腰上，修长的手指在游光洁的肌肤上不断地游走。

身体的起伏中，游固执地要求恩和说我爱你，哪怕是欺骗。我不愿意的事，没有人可以强求。恩和的脸上依然没有表情，像戴着一副永久木然的面具。游内心纠结，抬眼时感觉自己的眼泪无声地滑落。

两人僵持了好久，如同两个静止的木偶。后来，游开始拽恩和的衣服，一下又一下。恩和，我已经没有退路，你要给我温暖和安慰。恩和默不作声，起身甩开游走进卧室，重重地关上了门。

游在门外狠狠地用高跟鞋踹门，发出尖脆的响声。恩和皱着眉头开门时，她没能控制住自己的身体，一脚踹上了他的膝盖。恩和的脸在昏黄的灯光下越发显得修长。不动声色的表情。眼神开始狰狞。

游被恩和从家里扔了出去，包括她的衣服，她的鞋子，她的箱子，她的背袋，最后是她的牙刷、茶杯和卫生巾。游蜷在恩和家门口大声地哭，听见防盗门清冷的关闭声。楼上的阿姨出来倒垃圾，用异样的眼光扫视游。

盲目的泪水抹去了游唇上的一块鲜红色唇膏，呈现出淡的斑痕，如同新生的伤口。

游终于哭累了。起身。逐一拾起地上的行李，头也不回地离开了那里。离开时游用数码相机给自己拍了张照片，收藏了自己忧伤的泪痕和狼狈的表情。

此时此刻，封存在游记忆里的，是一张永远修长的脸。

我爱你。我离开你。

## 9. 无声的告别

这一点现在慢慢开始让我伤心。
春天，你离开我。
……………………洛兵

宇一天天长高，身材挺拔起来，唯独一张白皙的脸，仍然褪不去清秀少年的痕迹。小雅侧头枕在他的肩膀，长长的头发垂下来，散在他干净的白衬衫上，遗落淡淡的柠檬草香。他们都是沉默寡言的少年，唇语无声，彼此只需一个眼神的交汇，就能读懂对方深潜的心灵。

上学的路被修路工修整得平坦了许多，不见了从前密密麻麻的碎石，取而代之的是黑色的沥青，被阳光灼烧后会变得柔软。路两旁种了很多高大的白桦树，树干白色，叶子黄色，棵棵直指蓝天。远方是新建的发电厂，巨大的风车在呼啦啦地旋转，庞大的能量通过电线开始传递。偶尔有鸟飞过，匆匆的，没有留下痕迹。宇和小雅手牵手轻慢地走过，依然还能看见草丛中踱步的牛羊，以及零星开放的野花。

在他们的内心深处，时光保持着静止的姿态。宇对这样的生活着迷。依赖。欣喜。或者沉溺。

小雅对宇描述她童年的生活，那些令人心碎的过往。小雅出生在前门南面胡同的一个四合院里，母亲生她的时候因为难产，用足了八个小时。在终于听见她的啼哭声后，母亲却因产后大出血而死亡。小雅的父亲在一家南四环边的百货商店上班，起早贪黑，骑自行车上班要将近两个小时。那时父亲一天的工资只够买一壶小雅喜欢喝的新鲜牛奶。

说到这里，小雅的眼睛开始潮湿，长长的睫毛仿佛也忧伤地卷曲起来。宇紧紧地抱住小雅，胸膛紧贴住她的后背，拼命地想把自己的体温传递到她的身上。在小雅八岁的一个冬日夜晚，她的父亲在下班路上被一辆飞驰的汽车撞飞，自行车在空中翻了几个圈后落在街边，他重重地摔在地上，鲜血直流。在被救护车送往医院的路上，神志不清的他已经说不出任何完整的话语，双手却始终怀抱着胸前悬挂的绿色军用水壶。

后来，小雅含着泪水喝下了这个水壶里装着的牛奶，却再也没见过她的父亲。

本来应该距离小雅最近的亲人，纷纷成为遥远的记忆。年轻生命所承载的珍重纪念，始终铭刻在小雅的心里，再也不会消失。伤痛使她过早地直面生活，磨砺出了成熟独立的性情。即使内心过尽千帆，表面仍是波澜不惊。

宇发现自己越发迷恋如此沉静的小雅，也越发喜欢这样如同白昼和黑夜交织痴缠的情感。绵延起伏的情绪，如同磁石，无法抗拒。

精力和注意力的双重转移，导致宇的学习成绩直线下降，一次期中考试，三门主课两门不及格。小雅的成绩更差，数学甚至只得了 17 分。老师们开始阻止宇和小雅的交往，他们的座位距离被调整得很远，两人在课堂上完成一次对望也要穿越无数双好奇的眼睛。就连格外心疼宇的舅妈，也告诉他，你要离小雅远一些。宇却无法停止对小雅的喜欢，听不进任何人的劝阻，只是一遍遍地对自己说，我要和她在一起。

宇从来没有如此坚定过，也从来没有这样勇敢过。他仿佛已经没有独立的思想，他的心中只有她。小雅。他的光。他的偶像。

终于在一个寂静的下午，宇的父亲开着单位的银色捷达来接宇回北京。他在学校为宇办理了转学手续，然后用一个硕大的纸箱，一次性装下了宇所有的衣服和书，强拉着宇离开。

汽车发动的时候，宇摇下车窗，看见小雅安静地靠在远处的一棵大树下遥望着他，白色的裙子被风吹得轻轻飘动，左手无力地搭在头发上，那姿势显得格外忧伤。宇的眼泪无法克制地流出，离别的痛，像一颗炸弹，在他的心底无声地引爆。

那一刻，宇宁愿自己体无完肤。

再见，小雅。我一定会回来找你。等着我。等着我。宇喃喃自语。

## 10. 荒芜

在泪水里仰望黯蓝的星空之中
缥缈的银河以及破碎星辰。
和大地一样，那么的熟稔和寂静。
……………………七堇年

游终于可以在这个城市的任何一个陌生的角落宿醉，可以在雨夜的街头茫然行走而不知所措。她依稀记得恩和家的方向。向南。一路向南。恩和调制的MOJITO鸡尾酒的味道。丰富。霸道。浓郁。温柔。可是，她再也找不到可以让自己相信和依靠这个男人的理由。也许这个世界上每时每刻都会有悲伤的感情在发生，可是当它降临到自己的身上，游却依然无法挥散如此的伤感。

满眼的繁华在一瞬间统统成为落寞，被夜风轻轻地一吹，散了。

从城市的游乐场经过，游远远看见庞大的摩天轮在缓缓地旋转。她想起有人说摩天轮每转动一圈，地球上就会多一对接吻的恋人。浪漫的预言，此刻竟像个魔咒。一点一点，刺痛着游的心。她站在空旷的广场上，看着被路灯拉长的单薄身影，寂寞漫无边际地涌来。

情感的尽头，原来竟是一片荒芜。

从睡梦中爬起的母亲开门时穿着睡衣揉着眼睛，可是在片刻之后，她还是冲出来使劲儿地给了游一个温暖的拥抱。两个女人在拥抱中化解了从前所有的不快。透过游的眼睛，母亲读出了游的痛苦。曾经发生的，已经成为过去。你要做的，只是忘记。其实这很简单，游。

母亲为游泡了一杯红茶，在红色茶水的氤氲中，游沉默了很久，慢慢地把目光锁向窗外，淡淡地说了声，妈妈，对不起。

母亲温厚的手掌在游的发丝上迂回抚摸，她察觉到了游内心的失落和悔过。眼前伪装坚强的女儿让她忽然感到尖锐的疼痛。同样的伤害从自己的身上传递给了女儿，竟如同宿命的延续。

她在想，也许无须反抗与挣扎，那些都是徒劳。既然已经发生，就只能选择忽略它的存在。彼此的理解。心里隐藏的深爱。

凌晨时分，开始下雨，游没有睡眠。她的整个世界除了窗外那四角的暗色天空，空无其他。游静静地躺在床上，听见淅淅沥沥的雨滴扣击玻璃的声音，一声，一声，又一声。循环往复。无止无尽。整个城市仿佛被雨水浸泡的广袤森林，泛着忧伤的水汽，释放出大量的忧伤。往事如同电影镜头一般在眼前晃动着呈现，在某个瞬间，游甚至感觉到了某种难以言说的罪恶感。所有的情节都是虚拟的，竟不如一句离别来得真实。

感情如同蜜糖，甜过一霎，瞬即哀伤。

## 11. 被遗弃的时光

今夜我的悲伤难以抑制，
只因为今天只是这么寻常的一天。
……………………陈绮贞

宇从乡下回到城市，说不清是出于内心的抗拒，还是长久离开后的不习惯，沉默寡言，面无表情，长时间地拒绝吃饭，只是喝水，用一个灰色的瓷杯子接自来水，大口大口地喝下去，然后用一块手帕，擦拭掉杯子上面残留的水滴痕迹。

瓷杯子是圆柱状，杯体上面有红色的字符，1314，一生一世，小雅送给宇的，宇连睡觉时都会抱在怀里。

父母走过来和宇说话，孩子，我们出去散散步吧，宇摇头拒绝，不说话。他不想和他们谈论任何事情，他发自内心地怨恨他们强制自己离开小雅。

宇开始惧怕光，拉上所有的窗帘，关掉灯，在黑暗中他觉得安全。白昼如夜，需要遗忘。离别的一幕，小雅靠在树上，那姿势格外忧伤。

门外有敲门声，宇不理，他活在自我封闭的世界里，无法自拔。

摇滚乐。摇滚乐能带领身体脱离无助的现实。躁动的鼓点。节奏清晰的吉他和弦。歌手金属质感的嗓音划破漫长的静寂。安阳。安阳。安阳。CD 的盒子上赫然印着痛仰乐队的名字。

在音乐中，宇产生破坏的欲望，开始摔屋子里的东西，玻璃杯、花瓶、暖壶、遥控器……宇摔遍了手边能够到的实物，仍然内心空虚，翻箱倒柜，继续寻找能够摔的物体。在衣柜顶部放置的皮箱里，宇发现了一台机械相机，美能达品牌，日本制造，黑色金属主体，顶部包了一圈亮银色，拿在手里沉甸甸的，很神奇的是，宇的内心忽然沉静了下来。

宇拿起这台美能达相机，安装好镜头，从方形的取景器里去观察自己曾经反感的世界。

需要光。拉开窗帘。打开灯。对着灰色的瓷杯子按动快门，听见清脆的一声“啪嗒”，光影被凝结。送去楼下的照相馆冲洗，两个小时后，拿到相片。柯达相纸，背后有细细的纹路。照片上的画面很简单，桌子上的灰色瓷杯子，侧下方是斜的影子，红色的 1314 字符格外醒目，背后是白色的墙，此外什么都没有。

宇拿着这张照片，举过头顶，像是凝视着自己的图腾，得到了心灵的自我满足和肯定，满心欢喜。

把这台相机送给我吧。这是宇和父母亲重新微笑着说的第一句话。

## 12. 晃晃悠悠

当内心的暗涌破土而出，
带着鲜血和体液喷薄的时候，
过程有了开始，
以后仍在继续。
……………………王臣

本来就是乖巧聪颖的孩子，过了短暂的叛逆时期，宇重新回归勤奋好学的轨迹，考入重点班，选择文科，顺利地考入重点大学。

开学的第一天就遇见老黑。老黑其实并不黑，肤白，长发，大个头儿，比宇高一届，是宇在大学里最好的朋友。

宇清楚地记得，在一个艳阳高照的上午，老黑拖着宇沉重的皮箱，从学校的班车上把他接到宿舍。放下行李后，老黑又带着宇在学校里转了一圈，告诉他哪里是教室、哪里是食堂、哪里是图书馆、哪里是操场、哪里是英语角，哪里是可以谈情说爱的地方。

老黑有一双真诚的眼睛，看人的时候会忽然睁得很大很圆，强有力地放送出真挚的光芒。宇承认自己喜欢这样温热炽烈的眼神，感觉有爆发的力量，可以直击暖暖的梦境，也可以信赖与欣赏。

老黑送给宇一本书，嬉皮文艺型男石康的处女作——《晃晃悠悠》。书的内容极为叛逆，文字却很鲜活，让宇爱不释手。书的封底上写着这样的一段话："你一直都在寻找那个能让你心碎的女子，她代表一种生活，也许你会找到她。她就是你马上要走的一段路，就是你要经历的生活，走吧，别回头，一直往前冲吧。”这本书陪伴了宇很长一段时间，书里的文字记录了青春的残酷和热泪，宇对那些文字，以及文字里描述的生活心存敬意。

很多个萧索的夜晚，宇和老黑躺在窗户有些漏风的宿舍里，关掉柱状的日光灯，在黑暗中，不断地谈论和爱情有关的话题。那时，老黑刚刚和初恋女友分手，心情破败，他需要一些力量去终结自己内心困顿的感情纠结。

在老黑说到疲倦时，宇也会对老黑谈起小雅，那个在记忆中顽固不化的白色身影。古井般深邃的心事，数年来无处投递，此刻，被宇统统地吐出，终于拨云见雾。宇告诉老黑，自己是个随意的人，对很多事情漫不经心，心若浮云，唯独迷恋少年时内心隐匿的情潮快感。

老黑点燃一支烟，深吸了一口，把嘴噘起来圈成圆形，吐出一串青灰色的烟圈。空气凝滞，如同幻影。

短暂的沉默后，老黑扭过头来，缓缓地对宇说，我觉得你应该去找找她。是的，我很想。但是我怕她会恨我，恨我当年的轻率别离，我怕她拒绝见我，我怕她已经忘记了我。宇说话的语调很轻，没有表情。

如果不去寻找，恐怕就再也没机会找到了。老黑直起身子，很认真地告诉宇。

黑暗中，宇的眼睛逐渐明亮起来。

开学初的一个月里，除了上课，宇不参加任何学校组织的活动。只是有时会去摄影，静静地按动快门，用镜头捕捉时光的痕迹。

有一种情绪在宇的心里疯狂地滋长蔓延，让他一厢情愿地相信奇迹的存在。

九月的天气还是很热，宇和老黑晚上端一张小方桌在露天的阳台上喝罐装燕京啤酒，吃油炸花生米，抽红双喜牌香烟。宇的酒量不大，几杯之后就开始脸红。当酒精发挥作用的时候，宇变得兴奋起来，趴在阳台的护沿上，迎着月光的皎洁和校园的喧嚣，竭尽全力地呼喊小雅的名字，老黑在旁边响亮地吹起口哨。两人的声音在夜色中此起彼伏。那一刻，宇感到发自内心的快乐，如此真实。酣畅淋漓。

十一长假前日，老黑送宇去长途车站。宇背着宽大的 NIKE 双肩包，站在大厅外的台阶上，阳光暖暖地洒在脸上，于是眯缝起眼睛，努力去看站台上巨大的时钟。老黑从自己的包里取出来深蓝色的 Ray Ban 太阳镜，戴在宇的鼻梁上，拍了拍宇的肩膀说，敢于追求的人，始终都在路上。好兄弟，上路吧。宇冲老黑点头微笑，再见，老黑。

汽车开动的时候，宇闭上眼睛，内心随着转动的车轮开始搜索那段永恒静止的时光。

## 13. 交换

天空灰白，
记忆颓败。
你回头，
看见一株向日葵。
…………………狼桃

去往乡下的大巴车陈腐破旧，车厢里有抽烟的男人和携带成筐土鸡蛋的女人，空气里涌动着难以捉摸的气味。宇坐在靠窗的位置，拉开窗户，有风呼啦啦地吹进来，宇额前的头发三三两两地无规则浮动。宇不和其他人说话。独身静好，心安理得。中途有人上车，也有人下车，还有小孩子大声哭闹着向家长索要糖果和饮料。

水泥路面修得很好，车可以顺利地开到七八十迈。宇沿途看见次第生长的树、在路边奔跑的狗、红砖搭建的简易房屋和用方言叫卖土特产的农民。远山白云围绕，天空一片耀眼的蓝，透过车窗就能看见淡薄的日光。宇的思维焦点不在这里，记忆中的白裙已经将他的大脑完全填满。

他想起了他们在一起的时候，仿佛永不会停止的牵手和脚步，还有内心的恒久激动和快乐。

两个多小时后，宇从车上走下。双足踏在曾经少年成长和留恋的土地，如同进入生命最初的洪荒，动人心魄。弯曲漫长的山路，无法阻挡宇的心灵期待。脚步轻快，奔向校园。那个青灰砖墙的教室，是宇常在睡梦中痴迷回味的地点。

走进黄色的拱形校门，穿过尘土飞扬的操场，宇向一个又一个学生打听着小雅。他们不知道她是谁，也不知道她去了哪里。没有人认识她，仿佛她从来没有在这里出现过。荒凉岁月，徒增锐痛。

宇靠在锈迹斑斑的篮球架下，大口地喘气。内心焦急，一览无余。

后来宇几经周折找到了从前给他们上课的老师，才知道当年在宇离开后没几天，小雅就无声地告别了学校。她没告诉任何人她要去哪里和要去找谁。小雅走得很冷静，走得很孤独。

宇的情绪在瞬间被失落包围。失去了激荡和期待的情感，就像潮水般黯然地退去。曾经喜欢过的人，在告别的那天，就已经消失在一片喧嚣中。

他找不到她，也找不回记忆。

宇一个人在空漠山间来回地行走，内心麻木，仿佛忘记了疲倦。一个又一个山梯，在眼前起伏。远远近近的，都是萧瑟。宇在想，也许换个角度看待，一切，都是翩跹的蝶语。轻盈的身体，依然飞不过沧海。摇摇晃晃的，始终是命运，是那些无法躲避的质问。只是，心里还在祈求，祈求上苍别给自己爱恋着的人，以磨难，以疼痛。

如果可以，宇宁愿交换。用自己的幸福和温暖进行交换。他想让她幸福。安宁。永生。

宇终于走到曾经和小雅在夜晚停留的湖，如今日光照耀，湖水呈现一脉清澈的蓝绿色，可以看见幼小的鱼在水中欢快地游动。褐色的小石子，寂寞地铺陈在岸边，等待有缘人的足迹。山水之间长满了大簇不知名的黄色小花，迎风绽放细密的花瓣。温光倾泻，充满未知。它们未曾经过破碎的别离，不会知道时光深处的荒凉。

此时，宇已然失去语言。眼泪，悄悄地掉落下来。

原来在生命的轮回中，永远都是物是人非。

## 14. 爱上寂寞

她每写出一个新的人物，
自己也经过一次重生。
……………………虹影

游仍旧习惯性失眠，在很深的夜里，感觉呼吸缓慢。

镜子里是一张装满心事的脸，茫然审视着生活与现实的若即若离。床头的 PHILIPS 电视机一直停留在音乐频道。蔡健雅的原创歌曲《纪念》，字幕浮现。MV 里一对身着白衣的痴爱少年，在落花如雨的森林里来回奔跑。歌者蔡健雅用沙哑无谓的声音唱着："那一瞬间你终于发现，那曾经深爱过的人，早在告别的秋天，已消失在这个世界……"

恩和的模样越来越模糊，终于淡了。发生过的，仅仅是一段不愿回首的往事，自行了断的，却是足下长长的道路。

从腐烂中逃亡，游诞生书写的欲望。这一刻起，游开始写作。书写情感、生活、心事、风情、人文、旅途、素时、锦年。生活种种。以及种种生活。

对着电脑，游听见手指和键盘撞击产生的美妙声音，感觉到莫大安慰，越来越热爱书写的动作。书写是内心净化的过程，过滤掉所有的抱怨与浮躁，保留内心的真实和悸动。

游的文字节拍都很慢，仿佛在用很长的前奏，渲染烘托，来成倍地放大情感的救赎与孤独。游下笔文风华丽，用词考究，每一篇散文和小说都浪漫得如同被秋日浸染的金黄露珠，潜伏浓烈的情感欲求，却在文章表层呈现出无比冷静的质感。

时光和爱情，都是幻觉。游的作品反反复复地论证着这个忧伤的主题。

游把她写下的文字贴在一个叫“靡靡山茶”的原创文学网站，怀着孤芳自赏的心态，力图保留微小珍重的内心纪念。从零开始，日复一日，渐渐形成了自己的读者群落。越来越多的人开始关注游，欣赏她的作品，追逐她的文字。

游成了“靡靡山茶”网站的明星，她的文字被无数次浏览下载，并被推荐至网站首页最显赫的位置。

在那些跃动文字的下方，游看到无数的留言。

留言摘选：

原来寂寞可以让人宁静，使思维闪光。读了你的文字，我不再惧怕孤独。——寒

必须要臣服于你的文字，华丽得让我时常流下泪水。——未心

文字清冷，温暖尚存。——兰花草

如果有一天，当爱人背叛了我，我将淡然面对所有的忧伤。——晓吟

为你心疼，为你钟情。——竹妈妈

喜欢你文字中塑造的每一个人物，淡漠的，忧郁的，神经质的。他们始终精彩如斯。——月光如洗

流淌着寂寞的夜里，游静静地阅读这些留言，心生莫名的温暖和感动。这种感觉似乎和游久违，仿佛溺水的人，在绝望无助时探索到漂浮的乔木。听见脉搏跳动，游无可救药地爱上了文字，以及对文字的坚持。

一个晴朗的午后，游告别母亲，租了一个窄小的公寓。游告诉母亲，请您放心，我只是想更加冷静地书写。

妈妈，我会心怀感恩地生活，做一个理性坚韧的女子。我再也不会盲从。

在新的住所，游手指轻触，更新了自己的博客。博客的标题处，游用了这样一个句子：“在爱上另一个人之前，我先爱上了寂寞；在爱上了寂寞以后，我爱上了自己书写的字符。”

## 15. 校园生活

当风轻轻吹起，
我会沉默。
倾听鲜花飞舞，
散落这世界。
……………………许巍

有一段时间北京总在下雨，天空持续呈现一抹静止的灰色，连空气仿佛都是湿的。恍恍惚惚，没有重点。宇习惯坐在阶梯教室里靠窗户的位子上，默声阅读长篇的英语课文。耳畔能听见雨水滴打在窗台上的声音。啪。啪。零零碎碎，渗透着一种忧郁的情调。这种低回的调子贯穿了宇的大学生活，如同他的影子，狭长，灰黑色，始终摆脱不掉。

宇的大学成绩一直是中等偏上的水平，不会因考试不及格而遭受老师严厉的批评，但也没拿到过象征优等生身份的丰厚奖学金。生活中宇仍然保持着少年时的习惯，爱穿白色的衬衫，蓝色牛仔裤，静默矜持，遇人总是浅浅微笑，会在空旷的操场上长时间地凝望大片蔚蓝的天空。

有时候宇会想起小雅，心里泛起莫名的疼痛。

宇的课余时间基本都留给了摄影。他越来越迷恋这门光和时间的艺术。在按动机械快门的一瞬间，一个又一个偶然的画面被记录，旋即成为永恒。照片里有天空、树木、阴影、操场、转动的时钟、旋转的木马、如花绽放的笑容，以及黯然神伤的脸庞。

镜头中所呈现的一切，被华丽的视觉和想象涂抹，用以对抗时间的虚无。

慢慢地，宇把眼睛所能看到的东西全部消化为潜意识里的印象，形成了自己独特的观察方式。寻求角度，掌控时间，融合现实与幻觉。宇的摄影始终缠绕着奇异夸张的色彩和浓重的颗粒感，在强烈的视觉反差中，勾勒出他对于生活极其诗意的表达。

学校里的很多女生都喜欢宇的作品，食堂门口宣传专栏的摄影版前常常拥挤着长辫短发长裙短裤的女生，她们因为宇的摄影作品而驻足，拥挤观望。相片里那些建筑线条和迷人光影，释放出散漫狂傲的哲学美感，逐渐成为标志宇独特气质的文艺符号。

宇在校园里行走，依然沉默。被人识别，会礼貌地微笑，不多说一句话，只关注镜头里的世界，一如彼时静默内敛的白衣少年。

秋天的黄昏，有迷恋宇的女生把自己的 MSN 和 QQ 号码贴在宣传栏上宇的相片旁边，竟被众多女生模仿，玻璃橱窗里的相片和各色记事贴一时相映成趣。

老黑找了新的女朋友晓溪，俩人时常牵着手走过校园青翠的小路。宇为他们拍了很多照片，照片里的老黑带着浓浓的笑意和享受甜蜜生活的美满表情。身穿西服，造型果断刚毅，超越年龄的成熟。晓溪是南方女子，留清爽的短发，眉目纯真。纱裙凉鞋，露出小麦色的肌肤和洁净的脚趾。两人对望的瞬间，眼神安详自然，眉梢间两道温和。平淡生活，自由自在。宇从心底喜欢这种轻松心态和舒适情怀。

相信缘分，相信爱情的美好。宇打内心里希望他们能够坚持如一地去爱，去生活。

我们在幻觉里浮沉　风景就会不断

## 16. 伤逝

我比自己的影子更寂静，
穿过纷纷扰扰的贪婪。
…………………博尔赫斯

毕业的前一年，宇的外婆去世。

宇和父母亲一起回到乡下。白色帆布搭建的简易灵堂里，摆放着一张木制方桌，桌面上两支粗壮的白色蜡烛中间，是外婆的遗像。舅妈说外婆无疾而终，去世时坐在客厅的木椅上，面带微笑，像是熟睡，毫无挣扎的痛苦。宇弯下双膝跪在地上，长时间地保持静默，脸上挂着沉重的泪珠。被定格在黑白相片里的这个慈祥的老人，再也不能拉着宇的手，走过乡间铺满石粒的小路。

许多幼年时的记忆，在瞬间里逐一地闪现。外婆脸上常年流淌的泪水，生命中的亲情和温暖，终是无可替代的永远，亦是时光镌刻赐予的礼物。宇感觉到身体内部血液的剧烈流动和心灵深处部分情感的极速抽离。

生命苍白。时间荒芜。空气中飘浮着柔软的灰尘。这一刻，宇放弃矜持，眼泪簌簌地掉落下来。

晚上睡觉的时候，宇侧弯着身体，躺在长方形土炕上最靠近窗户的地方。夜深人静，宇身旁的人都安静地入梦，发出或沉重或轻微的鼻息。宇悄悄地拉开窗帘，看见夜空中高悬着的澄清金黄的月亮，散发出洁净自若的光。远离城市的灯红酒绿，乡村的夜仿佛正带着某种难以被捕捉的气氛，将宇包围起来。宇起身下地，打开房门，走到院子中来。温柔的月光下，宇仿佛得到某种恍惚的暗示，在忧伤已远的地方，时间缓慢飞过，少年往事渐渐成为遥远的记忆。记忆中的人，有的找不到了，有的不在了。走过的路途是一段忧伤的旅程，路上的人，试图努力寻找曾经散落的某种语言，以及真实。

宇向前走了几步，站在院子里月光最浓重的地方，努力地张开双臂。微凉的夜风从两侧滑过，宇仰头闭上了眼睛。

此刻，宇听见了内心里最孤独的吟唱。寂寞。伤痕。离别。死亡。春逝。秋伤。面对这一切，自己无能为力。只有不停地寻找虚妄的安慰和理由。如果时光倒流，也许很多人会消失得更早。

或许在未来的某天，时间会把告别和漂泊终于稀释成模糊的痕迹。淡入淡出。生活回到最初的平静。

总会峰回路转。总会柳暗花明。总会有暖。总会有爱。终会坦然存在。

## 17. 签约的意义

写作，
一开始就是我的地方。
……………………杜拉斯

游的文字，平静自省，总是符合自己灵魂的模样。顽强的自我，从来不向任何人妥协。保持独特傲骨，与众不同，兼具优雅与犀利，从而更具引诱。

有时候，游在阳光下行走，看见一个又一个陌生的人，她从心底感觉他们都是有故事的人，便产生了书写的欲望。游向着陌生人微笑，问好。邀请对方喝一杯拿铁咖啡。言语轻谈。记录发生。竟与很多人成为朋友。

上岛咖啡是游最常去的地方，游喜欢那里巨大的落地窗和从来不感觉陌生的环境。一周里至少有一半以上的午后时光她会选择在那里度过。在一个接近阳光的角落和宽背沙发上，一壶泡沫红茶，一台IBM 笔记本电脑，思维跳跃，手指律动，许多曼妙的文字跃然而出。

游写出了很多忧伤的故事，辗转的情节让人纠结。都市森林里拥挤的男人女人。爱和寂寞。远远近近。不断地告别，不断地流浪。这些文字，在网络里迅速蔓延。短篇的，被反复下载；长篇的，被追逐观赏。

华丽的文字，有时承担许多奢侈的温暖，有时蕴藏无尽的传播潜力。

开始有不同的出版商和游联系，他们看中了游的文字背后潜藏的需求与购买力，想要结集出版她的文字。游对出版商的选择异常挑剔，并且提出很多苛刻的要求。不能轻易地改动任何一处文字，要完全按照自己的诉求完成所有的图文设计。这些文字是游十月怀胎的孩子，她需要她们按照自己的原生意愿自由生长。

一些很具市场号召力的出版商给游开出了丰厚的物质回报，但被游一一拒绝。游不排斥金钱和物质，但更崇尚艺术的真性情。任何趋从于商业和市场，哪怕只是一丁点儿对文字和情节的改动，游都无法接受。

最终和游签订出版合同的是一个新成立的出版公司——“新途文化”，负责出版事宜的编辑名叫若兰。若兰是语调柔软的南方女孩，她说的话打动了游。“我能理解你的文字里的寂寞，它们都很高贵，我会爱它们如同爱你一样。”灿烂的阳光照在若兰的脸上，清秀的轮廓清晰透彻。瞬间，游看见若兰的眼神里潜伏的真诚，于是微笑，放心地在印有合同条款的纸上签下了自己的名字。

## 18. 彩云之南

望着很远很远的地方，
没有确定的意向，
只是放开了视线，
一种纯粹而无意识的着落，
即使落地是虚无。
……………………王臣

没有像其他急功近利的出版方代表一样，在有限的时间内催促游尽快完成作品，若兰只是经常约游出来饮茶聊天。会谈到游的文字，若兰说出自己的想法和观点，偶尔有建议，但并没有提出任何强制性的要求。若兰告诉游，艺术作品最需要的就是创作者具有自由的灵魂，所以，游的作品完全由她自己掌控，文字走向，内容结构，甚至包括图文版式的设计意图。

游内心感动，更加笃定自己所做出的判断和选择。

天南海北的读者从远方给游寄来礼物，有工艺品、食品、饰品，还有衣服。游和若兰把它们一一分类，装进从 IKEA 买回来的浅咖啡色整理箱，喷洒上一点点清泉味道的 KENZO 香水，贴好标签，再罩上白色棉布，放在朝阳的房间里。不时会拿出来翻看，像是在回顾一本本陈年的故事书。游最喜欢其中的一件布艺品，麻棉质地的布料，上面有大块深蓝色的浓艳花纹，被洁白的底色中和，感觉若即若离，如谜如幻。游把它小心地捧起来，展开隐藏在角落里的标识。品名：蜡染布。产地：云南大理。

云南。彩云之南。流光溢彩。晴空映日。游的心忽然被温柔地触动了一下。在彩云飘舞的天空下，应该发生过或者正在发生着许多可以书写的人和事。

游打电话给若兰，我想去云南完成我的文学作品。若兰没有任何的迟疑，可以，我去订两张机票。目的地是昆明、丽江还是大理？大理，游不假思索地说。

国航的波音737飞机准时起飞，准时降落，和手腕上的欧米茄腕表一样，几无偏差。游从昆明机场走出，感觉绿意盎然，阳光煦暖，轻风吹动纱裙，心情豁然开朗。若兰问游，需要在昆明走走吗？不了。城市的浮华已在心里淡去，此时唯向往有着恬淡氛围和浓烈情感的古城小镇。

若兰打了个电话。然后告诉游，有个朋友在大理等待我们。

接近五个小时的长途车，沿路都是青翠的绿色，迥异于北方城市常年恒久的灰，跃动着生动的光芒。游内心欢喜。视线移动，经过次第呈现的竹木山寨和黄色梯田，山间开满漂亮的花。时常出现没有名字的湖水，阳光洒在透明的水面，波光粼粼。童真的牧童在湖边放风筝，白发的老人牵着黄牛缓慢地行走。清新的人文景象，让游不停地按动数码相机的快门。若兰侧头微笑，同样拥有闲逸的心情。

这样的旅程是一个陌生的开始，她们却感到如此的温暖和熟悉。

汽车停在大理古城的入口处，一个留清爽短发的男孩子远远地对若兰吹起了响亮的口哨。阿兵。阿兵。若兰大声地呼喊起来。阿兵快步跑了过来，麻利地拿起游和若兰的行李。若兰向游介绍阿兵。阿兵是个爱好诗歌的年轻人，家住大理。他们在网上的一个诗歌论坛里认识，慢慢熟悉，自己曾帮助阿兵和论坛里一众诗歌爱好者，共同出版过一本名叫《沉默之翅》的诗集。

阿兵笑着对游说，你好，欢迎来到大理。普通话说得干净利索，听不出任何方言口音。游很惊讶。若兰告诉游，阿兵在北京上过四年大学，成绩优异，因为热爱家乡，放弃了留京，毕业后回到大理，经营运输公司，还开了一家叫作“敏感”的特色餐吧。

因为不是假日，古城里没有人山人海的场面，正好呈现出游喜欢的静谧气质。青砖铺的路面，曲折绵长，踩上去让人觉得每一步都是美好的开始。

脚踩流光碎影，心生温暖安慰。

在阿兵的极力推荐下，游和若兰入住大理古城四季客栈。两人在客栈里转了一圈，选择了两间朝阳的单人间。房间在二层，打开窗户，能看见院落里生长茂盛的各种绿色植物。中间是一个石头砌成的长方形台子，台上竖着一个宽大的木板，上面贴满了花花绿绿的旅客留言帖。木板下有只肥胖的花猫，懒懒地躺在地面，享受着阳光温暖的洗礼。

午饭是在阿兵开的敏感餐吧吃的，地道的云南菜，黑三剁、红三剁、汽锅鸡、牛干巴、啤酒鱼、过桥米线，加上自酿的米酒，满满一大桌，色香兼备，味道浓郁，游和若兰都很喜欢。阿兵在餐桌上给游和若兰讲云南菜的原料和做法，还教她们说云南的方言。饭毕，若兰要结账，被阿兵坚决地拒绝。

回客栈的路上，游无意中抬头，看见天上出现许多彩色的云彩，好像彩虹被风吹成了一段一段的棉絮，颜色全在，只是形状改变。若兰开始大呼小叫的同时，游冲着天空一次次按动数码相机的快门。

影像。保存。瞬间。恒久。关于古城的记忆，从此开始。

## 19. 缝合成最初的形状

在一些说不出话的黄昏，
我会让船逆行。
……………………年年

游总是起得很早，站在客栈的阳台上眺望一小会儿远方的朝阳，那由远及近逐渐点亮的麦黄色，成了游最喜欢的颜色。后来，万物都有了光泽，麦黄色也悄悄地隐身。

游用冷水洗脸，这是她多年保持下来的习惯。《ELLE》杂志上介绍冷水洗脸可以紧致皮肤。泛着点点青锈的水龙头里倾泻而出的水流被游用手掌轻轻地捧起，敷在面部的皮肤上，能够感觉到面颊上细密的小绒毛纷纷睁开它们恬静而慵懒的眼睛，似乎在观察水中暗藏的芊芊暖意。窗外有鸟的鸣叫声，清脆悦耳，脑海里显现的，仿佛是田野里鲜花次第开放的声音。

游和若兰一次次地并肩行走在古城的街道中，她们觉得铺满青砖的小路上到处都是厚重的故事。一些情绪。一些感觉。游终于找到了书写的欲望。甚至连那颗在北方冬天里碎掉的心灵，也被细细地缝合成最初的形状。

阿兵总会在午后的时间里跑到客栈陪着游，为她泡加了干玫瑰的苦荞茶，高脚的透明玻璃杯，紫绿色的水，喝起来有淡淡的青草气息。游啜一口，停下敲动键盘的手指，仰头对阿兵说，你沏的茶水味道很好。阿兵笑着说，游，你知道吗？这是亲吻的味道。游深深地又喝了一大口，说，我要把你说的话写到我的小说里。

阿兵的脸上，忽然出现了一道羞涩的红晕。

大理开始下雨。雨丝敲打在玻璃窗上，潮湿漫起，满目诗意。客栈院落里的晾衣架上，有一件正被雨水浸泡的白衬衫，纯棉的材质因沾了水而变得透明，修身的裁剪，越发显现出衣服的性感气质。

雨水中的古城，少有人行，空灵而又静寂。

游，出版社要开年度工作会议，要求全员参加，我得先回北京。若兰的语气保持着惯性的缓慢。游点头。若兰，你去吧。工作要紧，不用挂念。我再住些时日，尽快把小说完成。

夜晚，游关掉房间的灯，把在古城里买的柴油灯点燃，微红的火苗透过乳白色的灯罩，照亮了书桌上的方寸空间。游开始轻快地在电脑上打字，手指轻击。关于爱。关于背叛。关于离别。关于重逢。忧伤浪漫。无止无尽。心灵随着故事的发生和流转而颠簸起伏。欢喜炎凉。循序渐进。

自己笔下的文字，文字中的自己，已然无声地融合。

在游的身后，总有一双关注的眼睛。深情男子的内心早已懂得欣赏。游对文字的专注和对生活的敏感，正是他所认为这个时代女性普遍缺乏的某种精致和深刻。阿兵感觉到游的身上，具备了一种无法言说的吸引力，让自己为之倾倒为之迷恋。

## 20. 黎明破晓前

在黎明破晓前，
沉默的侧脸，
是如此美丽如此遥远。
……………………楼南蔚

毕业前的大学校园里，浮动着伤感怀旧的情绪，每个即将离开的人都在温习曾经发生过的记忆。草坪上有长头发的男生怀抱着吉他缓慢地唱歌：那时候天总是很蓝，日子总过得太慢；你总说毕业遥遥无期，转眼就各奔东西……不断地发声，不断地重复，同样的词曲，同样的忧伤。

宇靠在一棵粗壮的杨树下，抬头看着头顶茂盛的树叶，它们总是这样，绿了黄了，黄了又绿了。时光恒久强大，永远都没有对手。

四年。学习。生活。成长。清晨黄昏。冷暖自知。自从老黑毕业后，宇缺少能够交心的同伴，更加远离校园生活的鼎沸和喧嚣，性格里增添了更多客观和疏淡，仿佛这个学校的一切已与他并无太多关联。热闹和离别，都是别人的。宇冷眼旁观。一如既往的平静，没有波澜。能够铭刻在心里的，只有拍摄过的影像，和那些关于小雅的点滴记忆。

虽是淡漠和自持，但有同学离开校园时，宇还是礼貌地和他们握手。炎热的夏季，辗转无风。宇的白衬衫被汗水沾湿，紧贴在身体上，勾勒出健康舒展的男性线条。松开的三粒纽扣，露出白皙的脖颈和肌肤，散发优雅性感。低年级的女生，扎堆如锦簇的花团，纷纷向宇索要他拍摄的相片。宇微笑着满足，从随身的背包里掏出洗印好的相片，逐一散发给她们。宇希望自己的作品，能被更广泛地传播。得到相片的女生，脸上会泛起幸福的红晕，转身时发出欢快的呼喊。年轻时对偶像的迷恋，盲目纯洁、简单直接。

宇把存放在宿舍的物品，一件件整理进硕大的新秀丽皮箱和双肩背的极地登山包。曾经拥挤喧嚣的空间，在曲终人散时逐渐恢复零度的清醒。一个人躺在空荡荡的房间里，感受到强烈的寂寞。

闭上眼睛，宇仿佛能够看见 1460 个日日夜夜在掌心中燃烧和沸腾，然后逐一回归平静。似水般温和的青春年华，渐次无声地走过，就在不易察觉的恍惚之中，自己也一天天地长大了。

窗外，夜已深蓝，整个城市一片静默。没有睡眠的夜晚。往事如烟般沉浮缭乱。电镀的金属 ZIPPO 在黑暗中擦亮了一次又一次，白盒的中南海燃烧了一根又一根。在不断重复的动作中，宇寻找着一种合适的记忆方式。烟雾浓重，视线恍惚，宇越发感觉到疏离和陌生。

远去的时光，孤独的青春。未来无从把握，内心隐约有恐惧发生。

他记起童年时的夜，站在清凉的阳台上仰头看绚烂的烟火，瞬间点亮的天空，足够留存长久的温暖。那温暖，是在回忆里，是在记忆里。安妮宝贝说，我懂得之后的黑暗冷落，确定无疑。原来，这就是所谓生活的担当。

宇把挂在床边的相框一个个摘下时，远方已有一丝丝浅淡的白色。破晓前的天空，神秘曙光出现。宇喜欢这样的时间，安静，平和，

燃烧着希望。可以释放孤独和恐惧，可以让一切变得温暖起来。

宇举起挂在胸口的相机，为这个空旷的房间拍摄了最后一个画面。大面积的留白。平坦的桌子和床。虚浮的灯光。时光匍匐，冷暖自知。不管怎样，明天仍要继续。

终究还是结束，终究还是离开。终结一段年轻的时光。在关闭房门的刹那，短暂回望，宇忽然想起自己的从前，少年往事，青春记忆，不觉地流下眼泪来。

## 21. 挣脱

如同魔方一样的城市。
扭转。不同的侧面。
……………………年年

在父母的安排下，宇顺利地进入一家市属机关单位工作。办公地址在二环路附近的官园，从二号线地铁口出来向西行二百米即可到达。宇的日常任务是按日编排单位领导的工作计划与外出行程，同时负责给领导写些有着固定模式的冗长讲话稿。年长的同事给宇拷贝了格式与文稿，宇只需要不断地更新时间与重复填充类似的内容。

宇的办公桌紧靠着南向的窗户，窗外一片翠绿的植物，迎着阳光，笔直地生长。它们的蓬勃活力与自由形态，统统让宇向往。宇的桌子上有一部红色的电话机，时常会有电话打入，宇需要一边接听一边在笔记本上快速地记录：某某单位拟于某月某日邀请本单位某某领导出席某某活动，讲话时间大约 ×× 分钟。

没有想象力和创造力的工作，不断地复制与重复，缺乏趣味。内心的厌倦，与日俱增。

宇上班时会穿一丝不苟的职业套装，符合被旁人羡慕的公务员身份。衬衫。领带。西服。黑色皮鞋。咖啡色牛皮公文包。华服包裹的身体被拥挤的地铁挤压变形，车厢里混杂着包子、豆浆、汗水以及狐臭的味道。宇的心底掠过阵阵没有声音的叹息，眼睛看着车门缓缓地闭合，内心分崩离析。

一切都已远离了自己对于生活的美好预期，宇感觉到压抑和窒息。仿佛生命到了转弯处，需要强大的力量。挣扎，脱逃，变动方向，获得新生。

在宇要迈步走进行政楼层的时候，漂亮的前台小姐伸手阻拦。先生，请出示工作证。我忘记带了，请让我进去。对不起，请您到传达室进行身份登记。我就在三〇七房间上班，你看这是钥匙。宇用舒缓的语调诉说。不好意思，请遵守单位规定。前台小姐有一张冷静而坚决的脸。

宇沉默地转身，回到传达室，在来访者登记簿上一笔一画地写下了自己的名字。

半个多小时后，宇手捧着一个长方形纸箱，从容地从前台走过。身体刻意地擦过惊讶的前台小姐，轻轻挥手，再见。再见，再也不见。和过去的时光以及无法交融的人、生活彻底决裂。宇知道，他再也不会回来这里。生活在此时，终于呈现出放纵肆意的姿态，展示了它最真实的质地。

归于渴望自由的心灵，也有内心激荡的青年冲动，宇用自己的勇敢和义无反顾，完成了一次超脱自我的完美演出。

想起电影《东邪西毒》里的对白，张国荣说：我想回去看看，家乡的桃花，开了没有。

时间碎裂，大漠洪荒。

## 22. 暗动流光

我们在冷冷之初，
冷冷之终相遇。
像风与风眼之乍醒。
惊喜相窥，
看你在我，我在你；
看你在上，在后在前在左右。
……………………周梦蝶

大理是一座美丽的城，游沉溺于它的魅力。这种纯意识上的臣服，无法用语言解释。游心底珍藏的古城，如同年代久远的水墨图画，意境深远，总在烟雾缭绕的幻觉里撩拨着内心私密的情绪。

阿兵说，古城的一切似乎都与飞速发展的现代文明脱节，还停留在遥远的年代，在浪漫悠长的岁月里，伸展着自己复古的光荣与梦想。很多人喜欢这里，只是喜欢这里的节奏和情调，或者某种暧昧气息，他们其实并不能在这里找到内心的归宿感。他们并不属于这里，对吗？游，我希望，你能。游点点头，没有说话。

阿兵和游并肩在古城中很有默契地行走，能听见移动的脚步声。俩人不去追溯古城的历史，也不去畅想古城的未来，只静默地欣赏此刻它所拥有的别致风光。空气里尘埃飘浮，路途中间或有阳光投影。阿兵的心灵归于安宁。盼望花好月圆。

游把自己写好的文字交给阿兵看，墨迹中是纠结的情感，是痛苦与喜悦的交织，是空旷的荒原，是微光的少年。阿兵感觉到一种奇异的触感，随着脉搏跳动，直击内心，越来越强烈。

阿兵用了一个上午的时间，把从洱海湖心汲取的水煮到 100 摄氏度以上的沸腾，再依次放入干玫瑰、冰糖以及精选的绿茶，然后调和均匀。他要把沏好的茶送给他喜欢的女生喝，他甚至能想象到女生会告诉他这玫瑰绿茶的味道真好。那时他会幸福地告诉她，这就好似亲吻的味道。

在我的文字里有没有找到你所谓的归宿感？游问阿兵，阿兵使劲儿地点了点头。也要谢谢你，阿兵，你给了我很多帮助，还有灵感。游说。能够为你做一些事情，我很快乐。阿兵认真地回答。

舒适的环境，心无旁骛，游的小说进展迅猛。每日万字的进度，游竟写得姿态从容。小说书写的是别人的故事，其实也是自己的心声。叙述与编造交织在一起，融合自我的意识与情绪。迷迷层层，如影随形。丢弃了一些曾经设想添加的婉转情节和复杂感觉，维持了一贯纯简华丽的叙事风格。看似轻描淡写的语言中，却蕴藏了丰富的情感体验，被游用文字细细勾勒，越发充满张力。故事中的男子女子，经历热恋与僵持，逐渐成长，心智的成熟导致生活理念产生巨大差异，反复摩擦，矛盾升级，最终离别，生活回到最初的寂寞。

游在全文的结尾，写了这样的句子：千年的寂寞，一如暗动的流光。阿兵告诉游，暗动的流光，也许会美过彩虹。他如此喜欢这个句子。

游的内心微微地动了一下，她能读懂他的欣赏。只是，关于友谊和爱情，游从来都有不同的语法进行表达。

## 23. 故事悠长

假如每个音符，
都需要一个生命来绽放，
那么抚琴者，
才是真正的举重若轻。
……………………王家强

**独坐双廊，面朝洱海。游认真地在笔记本电脑上书写文字。水边起微风，吹动内心的柔软。指间轻敲，诗意般的文字肆意流淌。**

**游的文字，既苍白又温暖。**

2001 年的秋天，带着憧憬和希望，我离开了这个让我无比厌倦的地方。坐在车厢里，向这个城市挥手告别。我有片刻的恍惚。生命如此虚空，我能握住什么？

时间沿着钟摆划了一个圆圆的圈。春节又到了。我一身风尘地回到了家。母亲的唠叨还在耳边，但却不那么讨厌了。原来我还是个需要关心的人，脆弱的心只是有一个冰冷的外壳罢了。

安妮宝贝的《彼岸花》是回来之前买的。看完后，心情怅然若失。好像有话要讲。用了几天的时间休息。然后坐在桌前写字。故事的情节是虚构的，有着幻想的沉重。我是个天生敏感的人。常常会在文字中迷失。有时候甚至会用女性的笔触去写东西，而忧伤，就在这样阴柔的文字中闪现。

这一年的秋天，我选择了离开。在另一个城市开始生活。遇上苏。听他和舞的爱情故事。绝美。喜欢自己描写舞的文字。有阴暗的欢愉。总是无法抗拒激烈极端的生活。试图在文字中为自己找出路。

这样的文字写写停停。不间断地起身，喝水，抽烟。或是在空荡大街上无目的走动。沉浸在故事中的我，有莫名的伤感。

中途去了一趟南京。在回来的火车上，接到了邀请我参加笔会的电话。我倚在车厢冰冷的墙壁上，心有欣喜。终于可以见到想见的人了。

偶然的机会，读到她的文章。风格自己很喜欢，感觉有安妮宝贝的味道。

笔会的那天，下着小雨。我匆匆赶到的时候，会议室里早已坐满了人。我挑了个不起眼的位置坐下，看每一个人的脸。不知道她是谁，也不知道谁是她。因为没有看见想象中海藻般的长发，皱皱的棉布裙子，一张因抽烟而无比干燥的脸。我有点不安。中途有作者介绍的仪式。我被点到的时候抬起头，看到一双冷漠的眼睛。相视一笑。这一刻，我感觉平静。我知道这就是我要走的一段路。终于来到。

会议的间隙，我起身去洗手间。经过她的旁边，她正低头看东西。板栗色的长发倾泻下来，遮住了她的脸庞。我的心微微地抖动了一下。直觉告诉我，她是个需要安慰的女子。

晚饭是主办单位安排的。偌大的餐厅里，我独自站在一旁。陌生的环境，陌生的人，我有与生俱来的淡淡冷漠。

她显然与他们相熟甚久。很多人围在一起，打牌，说笑。我隔着来往的人群，长久地注视着她。心里的潮涌，无法平息。我想，如果她能转过身来看我。我一定会给她一个灿烂的笑容。

可是没有。

时光就如一条河，将我们遥遥相隔。一伸手，却发现有那么长的距离。我想，或许我们是两个世界的人，只能彼此相望，不能互相靠近取暖。

热气腾腾的菜，一一摆满了桌面。人们相继落座。她就在我身边。那么近，似乎能闻到她身上的气味。KENZO的清泉，淡雅的香，是我喜欢的味道。我有窃窃的喜悦。很多人过来敬酒，自以为是的快乐。我站起身，端着酒杯，附和着，脸上挂着淡淡的笑容。

只字片言。逢场作戏。除了她。

我问她，一直很好奇你是一个什么样的女子，可否跟我讲述？她微微地笑，什么样？然后，接下去的是沉默。

闷着头吃菜。好几次拿捏不稳，掉在桌子上。有莫名的沮丧。一片嘈杂声。抬起头来看，原是一领导模样的人来敬酒。仓促地拿起杯子，仰头一饮而尽。坐下的时候，却发现拿错了她的杯子。脸上一红。幸好，她刚才去洗手间，并未发现。突然之间，心里涌出了异样的感觉。这究竟是不是上天的刻意安排，又或是命运的一个暗号。我是个宿命论者，我相信机缘巧合的神秘。

晚饭结束后的舞会，沉闷且乏味。想到她在其中，便也坐了下来。不断地有人请她跳舞。我神情疲倦，手里握着的水杯由温暖走向冰凉。我在

在香雾盘桓　丝绸镶嵌的院落里　我将相思挂在青春的
墙壁上　搁一幅禅寂的画面
在洞箫声里坐尽整个黄昏　看你婉约的衬景
在蔷薇的月光下款款曼妙唐衫的风情

等待，等待她的靠近。但每次她经过我的身边，我们又变得如此冷漠不堪。

我上台唱歌，一首《若即若离》，是电视剧《你的生命如此多情》的片尾曲。我苦苦的高音，谁的生命如此多情？

走下舞台，明灭的灯光中，她靠在吧台边。我向她走过去，我有话要对她说。

吧台昏黄的灯光，照在我们的脸上。我是如此真实的靠近她。黑暗中闻到她的气息。我看着她的嘴唇，仿佛突然一张口，就会有灵魂进出。

那一晚，我很诧异自己的喋喋不休。似乎简洁而锋利的表达，无法说出心中所想。我是如此迫切地想告诉她，我那么渴望走近她。我就像是长时间沉溺在水中的人，突然浮出水面，大口大口地呼吸着。

夜深的时候，舞会散场。人们四下散去。她起身和身边的人告别。我低下头，喝尽手里的水，然后离去。我没有和她告别，甚至连头都没有回一下。我知道，相通的灵魂是彼此明了的。正如目光碰撞的刹那，能感觉到对方心里的温度。

深夜，靠在床头，拿起那本天蓝色封面的书，重读安妮宝贝的作品《七年》。感觉安慰。

**连续地书写，游竟然毫无倦意，仿佛文字中有着巨大的依赖。**

## 24. 六个二十四小时

我再次要说，
爱情是天赋的能力。
……………………廖一梅

**很多时候，我们都需要一些敏锐细小的疼痛，来抵抗平淡生活渐次产生的麻木。**

**生活在别处。文字在继续。**

**游心无旁骛，似乎对任何事情都漠不关心，除了自己笔下的文字。**

很意外，接到她的电话。晚上八九点钟的样子。她告诉我，她在外面。我能想象得出她的样子。寒风凛冽的街头，长发被风吹散开来，一副萧瑟的模样。有种情绪如水一样喷涌而出。我渴望见到她。我对着话筒说，你在那儿等我。

简洁的对话，彼此明了的心情。我们的配合竟是如此默契。

沿着宽阔的马路，我们漫无目的地行走。有很长时间的沉默。不知道该说些什么。索性不说。同样的固执与矜持。我想，能一直并肩走在路上，也是极好的。

在一个十字路口，我开口问她，去哪儿？她停下来，想了想，然后说，还是去我那儿吧。今天是星期一，我刚打扫过卫生。我看着她笑。是一个认真而谨慎的女子，只是不知道如何掩饰自己的寂寥和落寞。

要走过一段寂静而又黑暗的马路，才能到达她的住所。一路上，没有行人，能听得见彼此的心跳和鞋跟敲打地面的声音。想起安妮宝贝笔下那些熟悉的画面。一条幽深且有树荫的路，没有尽头似的通向远处。孤独的人走在上面。风中有樱花的花瓣，飘落在肩头，拾一片放在嘴里，淡淡的苦涩。

这样的心情，我想她也能懂。

她是一个单身的女子，远离所有的亲人，独自寄寓在城市的一角。她的房间很小，小到能尝出寂寞的滋味。

坐在桌子的这一边，她拿着杯子问我，开水和咖啡，你要哪一种？她的话好像是一道选择题，让我的脑子飞快地运转。我笑，如果你不嫌麻烦，我愿意要一杯咖啡。

天气开始变得寒冷。即使是挂着厚厚的窗帘，也能感受到寒气的凛冽。她用手指着取暖器，问我要不要取暖。我对她摇摇头。她低下头去，一双手在橘黄色的亮光里来回搓动。空气似乎被凝固。

随意地聊天。然后，我们又说起了安妮宝贝。说她的简洁文字，她的阴郁心理，她带给我们的情结。我们没有谈爱情。都是清醒透彻的人，一眼就看透了事物的本质。

我们坐在桌子的两端。

像是在拍一部王家卫执导的电影。动作、姿态、对白、思想，都是事先预置好的。不更换的场景。一个接一个的片断。等着我们一起进入，又迅速离开。在这场电影里面，不管即将上演的是什么，我们都会接受。并且，随时准备散场。

我抬头看她，几乎是在同一刻说出这样的想法。我惊讶于这样的默契。王家卫的灵感是黑色的，夹杂着无奈和绝望。而在安妮宝贝的作品里，有的，始终只是告别和流浪。命运是如此的把握不住，我有淡淡的忧伤。

这样断断续续地聊天。很晚的时候，我起身告别。在走出楼梯口的一刹那，我真想回过头来，抱一抱她那弱小的身躯。可是，我没有。我只是淡淡地说，我走了。

夜很深，四周的喧嚣沉寂下来。我发短信给她。告诉她。走出楼梯口，我抬头看了看天空。有月亮。四周很安静。人们都睡了。可我们醒着。我感到心中疼痛。

她说，也许有一天，你会留下来，等天亮了再走。人山人海，边走边爱。拿着车票微笑着等待。

王菲的歌，总是能毫无声息地将人击倒。

整整的六个二十四小时。我们就这样相对而坐。没有接吻，没有拥抱，甚至没有握过对方的手。我们只是在困顿而绝望的感情里，彼此安慰。

用文字来触摸这个荒凉的世界，游已经习惯，并且觉得比现实安全。

## 25. 爱情，是爱情吗？

今晚，
我将和你在一起。
……………………茨维塔耶娃

安静地坐在家里。白天刺眼的阳光，让游感觉眩晕。

她喝了一杯自己调制的拿铁咖啡，继续写那个故事。

苏隔着桌子，长久地注视着我。他说，季，你知道吗，你很像她。你的手指，你的眼神，都很像她。他伸出手来，轻轻地抚摸着我的手指。我感觉到了他指尖的温度。空气里有东西在逐渐扩散，让人沉沦。我把另一只手盖在他的手上。苏，我不是一个容易让自己停留的人。我始终是在路上。你是一个让人心疼的男人，我喜欢你，但我无法爱你。苏看着我的眼睛，缓缓地抽回他的手，仍是淡淡地笑。他说，季，我也喜欢你。

无法选择的感情。我感觉难受。站在窗口抽烟，眼前的一切，在阴沉的天空下，灰蒙蒙一片。仿佛看到了苏的眼睛，隐忍着无尽的忧伤。

寒意逼人的夜晚，我在她的房间里。空调开到了26摄氏度。

都不说话，她的眼神透着深深的无望。我抱紧了她的身体。我感觉冷。我需要取暖，用彼此的身体互相安慰。很快安静下来。陷入沉默。然后，不断继续。

疯狂而无止境的欲望，几近崩溃。

临至清晨，天空呈现出一种奇异的蓝色。像孩子透明的眼睛。我将她拥在怀中。她很瘦，小巧的锁骨，让我无比心疼。

我一直不停地呼唤她，宝贝，宝贝。她的头顶在我的额下，眼角渗出细小的泪珠。她在和我诉说，那些支离破碎的故事。我的心被越揉越紧，渐失呼吸。我说，宝贝，我永远不离开你。我爱你。一直。永远。她迅速地打断我。不。不要对我抒情。不要说爱。我不相信。

我惊愕。她突然的冷漠，如一把刀子穿过了我的心脏。爱情，没有人相信的爱情。她如此清醒。

有大颗的雨珠打在玻璃窗上，像是百合依依不舍的诉说。郁，我想要这个孩子。看着百合在郁的怀中，逐渐冰冷。我的泪终于止不住地掉了下来。我拨通了她的手机。我说，你在哪里。茫茫人海中，她就是我手中唯一的线索。她让我感知着世间的温度。

后来，在她的文章里，她说，没有我她感觉恐慌。我知道这句话。

周末，我们一起去城外的寺庙。阳光很好。一路上，我牵着她的手。宛若初恋的少年。马路边，一条小狗睁着水汪汪的眼睛。安静地看着我们。天边有一抹云彩在悠然飘动。多么美好的世间时光。我侧过头看她，胸中溢满了无限柔情。她如此真实地在我手中。

是那种乡村的庙宇。阴暗幽深，隐约透着命运的未知力量。有沉静的妇人，在殿堂走动。双手合十，口中念念有词。生活的痛苦和艰辛让人背负不起。虔诚地跪在佛前。我在祈祷，所爱的人一生无病无忧。

我求到的是第28签。有有无无且耐烦，劳劳碌碌几时闲。命中若有终须有，命中若无莫强求。她的是第53签。空度年华实堪叹，自古有志者事竟成。只要吃得苦中苦，自然好做人上人。

宿命的力量，一切尽在安排。

那晚，我们都喝醉了。长安吐了一地，迷迷糊糊地说，流离，你要我怎样你才会快乐。然后，眼泪就扑簌簌地掉了下来。流离看着泪水中的长安，苦苦地笑着。那一刻，所有的一切都如飘在风中的纸片，被一页一页地撕碎。

每次看着她，我都有片刻的恍惚。仿佛她就是我故事中的主角。

这样的念头，一在心中滋生，我便慌乱地走动，跑到卫生间，拼命地用冷水淋湿头发。我在压制。不会的，她是爱我的。如果不爱，她怎么会有痛。如果不爱，离开怎么会有伤。我神情黯然。

我说，宝贝，我爱你，可我不知道结局。你是我的宿命，你能告诉我吗？她有一刻的犹豫。然后说，感觉是爱的时候爱着，就好了。和我在一起，我希望你轻松。生活太累。你可以在我这儿放纵，并寻找安慰。但我不能给你指明方向。走的时候，我们告别。

我说，不。我会让你感情残废的。这样我们就可以一起下沉。

**寂寞而又深情的文字，记录着游构思的故事中的每一个细节。**

## 26. 宿命摊开掌心

我的头脑恍如变成了一池清水，
一滴滴溢了出来，
后来什么都没有留下，
顿时觉得舒畅了。
……………………川端康成

**告别的文字，因为真诚，留下长久的回味。游喝了一口水，深深地呼吸，坐下来写最后一段文字。**

3月2日，我要离开。最后的夜晚。

不知道如何会想起这个词。最后，是不是结局。没有了开始的结束。我无比悲伤。很平静地坐在一起，彼此环绕。交叉的身体，经过原点，向前方无限奔驰。

我仔细看着怀中的这个女子。曾经一起共同度过三十个夜晚的女子。我对她的爱无以言表。很多时候，我都在想，如此寂寞而狂野生长的植物，又如何能够找到让自己停下的理由。

她的脸在电视的荧光中，忽隐忽现，失去了笑容，变得如此冷漠。我低下头亲吻她的嘴唇。心中的酸楚，潮水般的涌出，眼泪就这样无声无息地滴落在她的脸上。她伸出手，盖在我的眼睛上。我知道，再也没有泪水会像今晚，如此温暖而苍凉。

一个月和一生，爱与不爱，有什么区别。世界变得太快。生命动荡不安。

有什么可以忘却岁月的荒芜?

宿命摊开掌心，我们跌落其中。

迂回往复。寂静欢喜。

游的小说《午夜蔷薇》终于写完。

## 27. 离别古城

十月的落叶，
铺满古城的旧街，
红砖路的尽头，
是我们的终点，
那最后的拥抱，
我不敢睁开眼睛。
……………………林一峰

插上耳塞，随身的白色 iPhone 里反复地在播放着这首叫作《然后，还有然后》的民谣歌曲：

*到街边已忘记时间　晚霞映红天边　亲爱的朋友啊　你再喝口酒就绽放笑颜　这小城中藏着奇妙故事　只待月光出现　我们要走到火堆前面　转圈跳着舞不想睡眠　然后还有然后　然后还有然后　然后再然后……*

有着淡漠声线的女歌手，伴随舒缓的旋律，用散漫自由的方式，唱出了古城的宁静，也唱出了古城的忧伤。

生命是漫长未知旅途，思念却在这里停滞不前。沉静如莲的生活，让游的心里渐次呈现出明媚的早春颜色。

若兰收到游通过邮件发过去的文稿，打电话给游，语言一改平日的轻柔，发音铿锵有力。游，你的小说十分精彩，编审会议上所有编委全票通过。希望你能尽快回到北京，商定后续的设计和出版事宜。

阳光午后，消息愉悦，现实无限接近圆梦时分，但游的心底同时也掠过一抹深刻的忧伤。和文字交融的日日夜夜里，古城早已成为温情的标志，植根在游的记忆里，难以磨灭。当离别即将来临，惊觉日光淡薄，光阴暗痛。

在大理的最后时日，游和阿兵逛遍了古城里所有的特色店铺。游感觉自己有太多的特色物品需要购买和携带，数度流连忘返。一连几日的购物行程，游买的物品已经塞满了所有随身的行囊。阿兵笑话游，你是要搬家吗? 游反击，我想要搬走的其实不是物品，而是整个大理古城，只是我无法把它带走，所以才要带走一些能够留住古城记忆的东西。阿兵专注地看着游，关于大理，在你的记忆里是否还有其他需要铭记的? 游把脸扭向一边，忽然静默，心里悄悄地念着，阿兵，我知道你想要说什么。就让我们把一切都留在心底吧。我会把你当作我最好的朋友。

我会想念你，如同我想念大理的夜一样。

大理的夜古朴深沉，气息漫长。大理的夜让人清醒，感觉不到寂寥。游选择在夜晚离开古城，是为了更好地纪念，是为了更轻盈地转身。

阿兵开车送游到机场，速度七十迈，一路无声。轮廓分明的脸，英俊中透出淡淡忧伤。挥别心仪的女子，不知何年何月再见。仿佛被烈火焚烧，内心激情翻涌，却又被大海生生掩埋，终于一片沉寂。

我会把你记在心底，如同你会牢记大理的夜。

月色从洱海的方向漫过来，在潜流的水域中留下一道宽广的银河，古城中的红色灯笼次第亮起，漂泊者的狂欢又将如往常一般惯性地上演。循环往复，没有终点。游的脸紧紧地贴住车窗，眼睛一刻也舍不得离开，想要收集视觉里的幸福残留。远处传来悠扬的云南纳西古乐，飘浮在空气中。它将消失，或迟或早。

巨大的轰鸣声过后，银白色的空客飞机拔地而起。游从机舱的窗户往下看，渐行渐远的古城被红色的灯火环绕，静谧安详。留存在心底的一抹微蓝，竟是大理的神秘夜色，投影在心中，波心荡，月无声。再也无须用眼睛来捕捉流动的风景，因为古城的一草一木，早已与游的文字游的心情游的记忆游的情感，完美地融合。

爱上了这座城池，就再也无法置身事外。期待某天，又一次抵达这座城。

此刻，游闭上眼睛，不让眼泪流下来。不说再见，就一定会再见。游知道，她一定会再来这里。来看古城，来看阿兵，来看自己彼时的心情。

## 28. 旅行的意义

你品尝了夜的巴黎，
你踏过下雪的北京，
你熟记书本里每一句你最爱的真理。
……………………陈绮贞

宇在圆明园里的单向街书店翻到了一本法国摄影师的自传，扉页中用艺术字体赫然写着：“摄影，就是视觉的旅程。”那一刻阳光如洗，雾霾散尽。

宇的内心惊觉直抵灵魂的快感，并为之良久震撼和欣慰。

回到家里，宇就开始收拾行囊和整理摄影器材。白色的衬衫，蓝色的牛仔裤，美能达和理光的相机，长长短短的镜头，闪光灯，三脚架，HP 笔记本电脑。没有丝毫犹豫，宇迫不及待地只身上路。

远方有岸，有花香，有生机的绿色，有润泽的梦。

三个半小时的火车后，转四个小时的汽车。习习的凉风和满目的翠绿提醒着宇，目的地坝上到了。阳光暖暖地洒在身上，心灵如白鸽般自由轻灵。宇像个孩子般，用干净的眼神，45 度角仰望蓝天，旋即跳跃高呼，伸展双臂，久违的压抑感瞬间一扫而空。

宇举起相机，移动脚步，寻找角度，不停止地按动快门。森林和草原交织在一起，层层叠叠，仿佛绿色延绵的浪。草原间生长着或金黄或橘红的花，原本浓艳的色调，此时竟成了淡绿的点缀。林边有游弋的马群和羊群，偶见从湖中流出的淙淙小溪，缓慢地流过草原。恍惚间，宇竟感觉自己置身水墨画中。

梦里不知身是客，落满的是繁华。

晚餐是在一个老乡家的院落里吃的，烤羊腿和肉串，油炸花生米，凉拌的野菜，炒土鸡蛋，喝了两杯啤酒，吃了一碗米饭。预感到落日和晚霞即将出现，宇拿起相机，骑着老乡的永久牌自行车，再次飞奔向草原深处。当夕阳的酒红色光线逐渐把草原点燃，蔓延的绿色里泛出诗意的红，一匹棕色的马疾奔而过，宇的相机快门闪动，凝聚了这一精彩的瞬间。永恒的时间，运动的美，动静交融，弥足珍贵。

再回到老乡家中，宇和老乡坐在宽敞的院子里聊天。老乡说着流利的普通话，眼神矍铄，额头上抬时有深深的皱纹，衬衣的袖口残留着黄色油渍。宇递给老乡一支中南海香烟，老乡用火柴点燃，使劲儿地吸了一口。这烟味儿很淡，像我们这里黄花的味道。老乡对宇说，草原中有一种黄花称为金针，也称金针黄花、金针菜，是当地最有名的特产，黄花可荤可素，可凉可热，还可做成金针菜罐头，别具风味，游人们离开时都会大量地购买。除了风景和特产，在对话中老乡还告诉宇，他四十多年来从未离开过草原，他热爱这里，热爱这里的季节，热爱这里的土地。转瞬流逝的青春，一成不变的时光，这是属于草原人的宁静生活。

也许这些都是注定的，是命运，是被书写好的人生。就像宇的这次旅行，意义不是抵达，行走才是目的。人生其实就是一场所谓的旅行，而行走的脚步和远行的距离，正好决定你所能感受到的风光。

## 29. 弥足珍贵的梦想

我终于要在某些特定的地点上岸，
把其他全部留在身后。
…………………王泽

从坝上回来，宇一个星期没有出门，除了吃饭睡觉，所有的时间都在整理和修饰自己拍摄的相片。宇把相片调和成浓丽的色彩，天的蓝，草的绿，湖水的透明，树木的苍翠，越发显得明晰和精湛。

宇为精选的照片起了一个主题的名字——《草原拾梦》，把照片的格式从 RAW 转换成为 JPG，发表在自己的摄影博客“蔚蓝　晴朗　纯白”里，很快就有了众多的回复。有网友回帖说这组照片无论是意识还是技术，都堪称经典，强烈推荐参加“中国摄影网”一年一度的主题摄影大赛。

宇为《草原拾梦》配了文字。“在钢筋水泥的城市中挣扎，发现已渐渐告别曾经清澈单纯的自己，于是选择置身草原，试图用图像去感觉去寻找，那些散落在记忆里的真实。”整理完毕，宇按照网友们提供的链接把照片投递给“中国摄影网”的摄影大赛组委会。然后，等待。两天后，宇在“中国摄影网”的主题摄影大赛专栏上见到了第 379 号参赛作品《草原拾梦》。

《草原拾梦》在网络中得到了众多网友的关注和欣赏，点击率遥遥领先于其他作品。一个月后，奖项揭晓，《草原拾梦》众望所归地获得了大赛金奖。在一个阳光煦暖的午后，宇接到大赛组委会的电话：一星期后将会举行隆重的颁奖仪式，请准时出席并准备好获奖感言。

在越来越淡漠的时光里，这个消息的存在，让宇有了滋生幸福的理由。宇开始相信，他的作品，终于可以在更广阔的天地里得到更有效的传播。

颁奖仪式如期在西苑饭店举行，主办方程式化的总结和赞助商广告般的演说后，身着白衬衫和牛仔裤的宇在一片掌声中走上台领奖，巨幅的三星液晶背景屏上清晰地显示着宇所拍摄的照片。一幅一幅，慢慢变换。礼仪小姐手捧鲜花，缓步移动，评委会主席微笑着把奖杯、证书和奖金依次递给宇。宇说谢谢，对着观众和镜头，高高举起了手中的奖杯。

感谢所有喜欢《草原拾梦》的朋友，你们和我一样，拥有渴望自由的灵魂。在这个物欲横流的世界里，这样的梦想弥足珍贵。

请和我一起坚持下去，不要，不要离开。

## 30. 遇见

长路且行且远，
心里有着单纯而有力的意愿。
……………………安妮宝贝

经过反复商讨，游的小说最终定名为《午夜蔷薇》，一个幽暗暧昧却透着笃定的名字。新途文化异常重视这部作品，确定首印量为 15 万册，对于一个初涉文坛的新人而言，俨然就是天文数字。

书号申请下来，文字内容全部完成，后续的工作只剩下版式设计。新途文化的设计部陆续拿出了几个方案，或浓墨重彩，或型格铺张，均一一被游否定。纯简的封面配合清新文艺的插图，能描绘出深远的意境，才是游理想的版式设计。

深夜，游辗转反侧，不肯睡去。她太爱这些从自己笔下流淌出的文字，所以需要一个完美的形式来圆满作品。游的脑海里总是飘浮着一张张色彩流畅的图片，有着适宜的格调和温度，用以映衬《午夜蔷薇》的文字，这感觉与期望，始终挥之不去。

从床上坐起，游打开电脑，WINDOWS XP 桌面呈现耀眼的蓝。打开百度的图片库，缓慢搜索，期待能够有所收获。鼠标的左键不停点击，翻过一张又一张图片，游的心里过尽千帆，求图若渴。时间良久，偶然目光所及，在某个网页发现了一张以大面积绿色为背景的图片，图片的主体是两朵紫红色的花，分离式的处理，暗蕴玄机，不动声色间，轻易地霸占了观赏者贪婪的视觉。

游掩饰不住内心的惊喜，依据图片下方的微小字符，找到了摄影者的博客。摄影师的名字十分简单，宇。游点击宇的博客，阅览他的摄影作品，越发觉得喜欢，内心早已被占有的欲望团团封锁。按照博客首页下方提供的联系方式，游迅速地发出了一封邮件。“冒昧打扰你，宇。非常喜欢你的摄影作品，觉得它们恰好搭配我的文字，新书出版在即，希望能够合作。殷切的心。盼复。自由文字工作者——游。”

游打电话给若兰，诉说内心的震撼。这个摄影者在作品中所展现的东西，带着浮游的气质，完全超出自己的预料，隐秘自然，绝妙地契合了《午夜蔷薇》里那些灵性自由的文字。

清晨推开窗户，游把晾晒的白衬衣收回，披在身上，闻到柠檬香皂的味道，感觉呼吸舒畅。打开电脑，点击邮箱，看到一封未读邮件。“很高兴你能喜欢我的摄影作品，谢谢！可否把你的文字选取段落发给我，我想看一下。宇。”

外面的路灯隔着窗户打了进来，圣歌一样宁静。

架子上从右至左齐整整地摆着卡百利的五张CD，我还是习惯这样叫他们，也许只是一种坚持，习惯了。CD盒上的他们，一脸的落寞，满眼的空洞，好像我现在写字的笔触，摩擦空气，嚓嚓的有寂寞的回声，从心底。

应该快有一整年没听卡百利了，wake up and smell the coffee。最近很爱Cappuccino，很浓的泡沫，感恩一般的味道。

也许说的是那一段的生活，那是一种印记。刻骨铭心，或者万劫不复。

我去过一个地方　我又离开了一个地方

我去了另一个地方　　我又离开了另一个地方

每天盲目的充实让人忘记了回头，忘记了感慨，甚至差点儿忘记了呼吸。

在寂静的图书馆阅读到很晚，路灯亮起，一个人从高且空荡的楼梯不断向下转弯，听自己足音的回声，把影子抛得老远。只是为了回家，只是为了卡百利，只是为了洗礼。

开始，忘了何时结束，也许是永远。

永远有多远？

我不知道，你呢？

卡百利呢？

心中荡漾着的是她的低吟浅唱，在阳光下的潮湿阴冷，安慰了多少尸横遍野的内心。她来自天堂，那儿泛着鲜红的血。爱尔兰。她是 Dolores O'Riordan。卡百利的灵魂。也叫小红莓。

找个记得在那些歌声浸渍的黄昏我都在干些什么，应该像安妮宝贝的书里那个神情落寞的女子一样，无所事事地徘徊，在自己的城堡里。或只是个内心的洞。我们的生活，大抵如此。

回家要经过一段很长的路，笔直得可以在任何一个角落看见直耸入云的灯塔。只要你抬头。而在 Dolores O'Riordan 的眼眸底，你还会因为自己的惶恐羞愧而直视肮脏的一切吗？不管你曾经是多么的高傲，在这里，众生皆平等。

每次在这条路上骑车碾过一个又一个的阴影，心里总是一片安静。不起波澜的湖水，照出的除了自己的影子，还有卡百利的歌声。那年，那季，那人，那事。No need to argue...

此刻的我躲在被窝里听着他们，天花板上看不见星星，很好。

久违了，我想，Dolores O’Riordan。

你老了吗，还是我长大了？

你还记得我吗？

曾经内心伤感得一塌糊涂，只因你的温暖。闭上眼睛，在黑暗中看见你转过脸来，低低地在我耳边呢喃。谁的曾经，扑面而来，好像潮水，溅湿眼角。给我一个逃离的理由。多少歌声勒住的年代，多少泪水决堤的时光。任谁的伤口，撕裂给你看。我以为自己不配再多愁善感，我明白我错了，把自己紧紧裹进被窝。

明天会降温。还好，有卡百利，还好，有希望。

天堂不冷。

外面的路灯还是如蜡打在墙上，卡百利还是一样静静躺在架子上。他们也叫小红莓。或者 The Cranberries。

宝贝，很晚了。CD 停了。我也该睡了。

感谢上天，音乐最好的时候，我们在一起。

“随意写下的文字，关于音乐。喜欢的卡百利，给你看。宇，我是游。”

“文字非常喜欢，游，我只能说我接受你的邀请，没有别的选择。”午夜时分，游收到宇的回信，内心无比安慰。

## 31. 一见如故

但我还是无可救药地
爱上了他们的这份执着和坚持。
这种在旋转中日益成熟的青春。
……………………棉棉

游见到宇的时候，他穿着白色的毛衣和深蓝色的牛仔裤，站在日色清冷的黄昏里，向游伸出右手。宇说：游，你来了。游使劲儿地点了点头，脸上浮现淡淡的笑容，如同四月安静开放的粉红樱花，散发出脉脉温情和略微不安定的气质。

游领着宇去了自己常去的 STARBUCKS，在临街的窗外，面对面地坐着。宇要了一杯拿铁咖啡，游点了泡沫红茶。两人隔着一张桌子的距离，透过湿润的空气，仔细地审视对方。游能清晰地看见宇深邃明亮的眼睛，宇能感受到游内心潜伏的希望与伤痛。网络上的一对陌生人，从未谋面，却好像相识已久。相似的气味和品格，瞬间成为联系彼此的心理纽带。

游凝望着眼前这个干净清澈的年轻男子，他有乌黑的头发和疏淡的神情。从某个角度看过去，宇的脸正好处在日光直射的位置，背对玻璃窗外喧嚣的人来人往，缓慢呼吸，气息温暖，如此沉静的男子。

面对宇，游内心觉得踏实，放心地向他倾诉内心与过往。

宇，你知道吗？我是个被爱情遗弃的落寞女子，经历过窒息的感情。在漫长的挣扎后，终于绝望。宇，你知道吗？那时我常常坐在阴冷的水泥地板上，喝着加有大量冰块的屈臣氏苏打水。午夜的收音机传出婉转低回的男声或女声，寂寞的声音声声入耳。然后，自己慢慢平躺下来，躺到没有温度的大理石地板上，仰头看窗外的一小片天空。静止，持续；持续，静止……直到天空逐渐明亮起来。黎明时有鸟簌簌地飞过，灰色的城市在惺忪中醒转。于是起身关掉沙沙作响的收音机，拉上窗帘，上床钻进厚实的棉被匆匆睡去。日夜颠倒，循环不息。面对黑暗生活，选择写作。在创作的小说里书写爱恨离别，用自我顽强的姿态，拥有如此寂寞的信仰，我愿意用文字进行坚持。

第一次聊天，游和宇聊了整整五个半小时。从晴朗午后一直聊到太阳落山，文字、摄影、感情、咖啡、旅行、音乐……宇说得很少，多数的时间是在专注倾听，偶尔会插一两句话。游，你该遗忘和抛弃曾经有过的伤害，去尝试虚怀若谷，去体验心静如水。平稳的心态会有助于你的文字创作。语言柔软，直入人心。游告诉宇，我会的。那些伤口，那些印记，已经渐渐淡去，褪了痕迹。再也不会像从前一样，感觉到撕裂的疼痛。也许，我早已经可以开始新的生活，怀着对未来的美好憧憬。比如《午夜蔷薇》，这个需要你帮助的文字作品，即标志着我的璀璨新生。

游，我很心疼你。宇说这句话的时候，眼睛突然睁得很大。认真的样子，清晰得一览无余。

## 32. 眼底温柔

缠绵的，
也只是蓝色上那点细微的心思。
如此激烈缠绵，
如此空荡清明。
…………………雪小禅

在小说的文字中插入第十七张照片的时候，天空开始下雨。微微的雨点，轻轻地敲打窗台，滴答滴答滴答。临窗的植物吊兰上有细小的水珠。隔窗听雨，幽梦无边。

我们出去走走吧。游抬起头对宇说。

游带着宇，经过一条弯曲的小路，穿过狭长的街道，去爬一座俗称“天坡”的山。苍绿的山峦上，长满了高耸的白杨树。穿行其中，远离嘈杂人声，有恍若隔世的感觉。细细的雨丝从树缝中渗落下来，掉在游和宇的头顶、脸颊、手臂和掌心。两人相视而笑，拂袖擦去，抬头继续前行。沿路有不知名的野花，宇随手摘下一支，插在游的发间。游顽皮地歪头哈哈大笑，如同天真烂漫的孩童。

游，你很美。我喜欢看你笑起来的样子。宇说话的样子总是那么认真。

爬到山顶的时候，雨已经悄然停住。天空中出现一道七彩颜色的虹，有弧度的造型，像极了一座跨河的拱桥。

游大声地呼喊着宇的名字。空旷的山谷能够听得见美妙的回声。

宇，书上说看见彩虹的人，一定能够拥有温暖的爱情。宇走近游，侧过身体，用相同的姿势，和游向同一个方向眺望。

游，你让我想起了自己从前的样子，也让我懂得了忘记和成长。

碧树青天，空气清新，能听见远处鸟群鸣叫的声音。少年被风吹起的白色衬衣，赤脚女孩的白色纱裙，以及那些远去的阳光灿烂的日子，从宇的脑海中逐一浮现。短暂回放，又随着慢慢散了的彩虹渐渐飘散，不见了踪影。

下山的时候，拐了几道弯，在一片苍绿的树丛后，显现出一座小小的寺庙。宇和游并肩走近，看见寺庙前的香台上点着长长的香，上方飘浮袅袅的烟，几个面容虔诚的善男信女正在磕头作揖。

寺庙里有经历了数百年风雨的佛像。佛祖面容慈祥，似笑非笑，盘膝端坐，直面众生。古朴的钟声回旋往复，余音绕梁。游上香参拜，双手合十，在心里默许愿望。关于文字，关于爱情。

宇站在游的身边，静静地看着她的一举一动，眼底生出无限温柔。

雨后空气清新。天空中洁白的云朵在缓慢地飞行。

这时游回过头来对着宇微笑，脸上浮现寂静的光芒。一如初夏的莲，被阳光沐浴。缓慢绽放，丝丝扣扣，醉入心怀。

## 33. 心动瞬间

真正的爱，
从来不能言喻。
我们都宁愿沉默。
爱。
…………………麦婉欣

工作的时候，游喜欢放游鸿明的歌给宇听。这个长发的台湾男子总是习惯在自己创作的音乐作品中纠结于古朴的情感。漫长探索，浅吟深唱，关于爱，关于恨。

前奏响起，是一首《花沙》，旋律动听美妙，词义忧伤古典。

记忆里的琥珀色仲夏　藏着你我多少年华

曾在屋顶结下的誓言　被风一吹就落下

那些不分场合的情话　拥抱之后生根发芽

奋不顾身以为能到达　困在悬崖才害怕

夜深人静　反复纠缠的牵挂

空荡的心　需要解答

随风起舞的残花　不停追逐的黄沙

多大代价　才能挣脱　思念的篱笆

近在咫尺的天涯　在你的脚下

沙守着花　花开的潇洒

窗台开满多美丽的花　你的笑容　却更优雅

无论窗外骤雨多猛烈　却带不走　一粒沙

客厅的钟摆随着音乐划着一个又一个圆圆的圈，循环往复，不知疲倦。宇有片刻的恍惚，心情怅然若失。生命如此虚空，我们能够紧握的到底是什么?

这一年的秋天，我选择离开。在另一个城市开始生活。遇见苏苏。听她用恬淡的语言，诉说她和他的爱情故事。苏苏有海藻一样的长发，穿褶皱的棉布裙子，白色帆布鞋。一张消瘦舒张的容颜，让我感觉不安。

宇把自己拍摄的照片一张张地插进文字中，然后调和颜色，在这个用图案营造情绪的过程中，竟渐渐感觉到内心的无法自拔。他承认自己没来由地喜欢上这些明明暗暗的文字，感觉到隐暗的欢愉。无法抗拒激烈极端的生活，试图在阅读和图案排列中挣脱内心寂寞的天空。

游仿佛看穿宇的内心，泡两杯清雅的绿茶，走过来安静地坐在他的对面，淡淡地笑。就快要完成了，如此，很好。

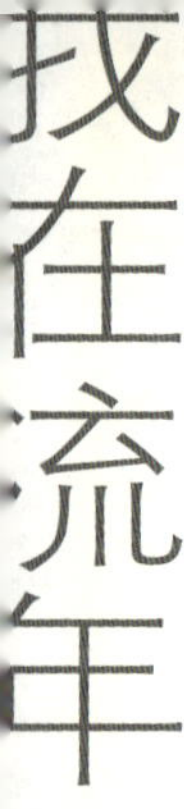



宇，你让我的文字成为真正的艺术品。谢谢你。温言鼓励，吐气如兰。

游距离宇很近，很近。宇似乎能闻到游身体中某种游离的气味，这味道陌生又熟悉，带着强烈的吸引力。宇猛然想起了小雅，那个日趋遥远的深刻印记。时光如同一条长长的河，将往事分隔两岸。一伸手，才发现曾经拥有的，早已消失不见，幻化为乌有，又或许故事中的恋人，注定要被宿命所安排，无法靠近，亦无法上岸取暖。

苏苏隔着桌子，长久地注视着我。她说，亲爱的，你知道吗，你很像他。你的手指，你的眼神，你的忧郁表情。一切，都很像。

这段文字好像锋锐的匕首，简洁表达，却刺穿了宇的心事。

宇仓促地拿起书桌上的水杯，仰头狂饮，以掩盖内心的惊措与慌乱。

我先回去了，游。明天会再来，应该可以收工，把所有的插图设计完成。宇起身和游告别。游点点头，宇，你可以想走就走，也可以随时回来。这里，属于我，同时也属于你。游斜着身体，靠在客厅的垭口上，缓慢地说。

这个游独自租赁的公寓房间里，弥散出某种暧昧的气息。

宇从游的身边经过，再次闻到她的气息，一种 KENZO 清泉怡人的味道，情不自禁地侧目凝视游的脸。昏黄的灯光在游的脸上停留着斑驳的影，目光碰撞，彼此感觉到对方心里的温存。

那一刻，宇明白，相通的灵魂，内心彼此明了。无端倪的吸引，充满温柔和力度。仿佛潜行在深深的海底，如果忽然地张口，就会有潮水般的情绪四散迸出。

感觉到心动的瞬间，诞生幸福的咀嚼。像是长时间溺水的人，突然地浮出水面，大口大口地呼吸。

## 34. 挣扎

在何处着陆，
于何时离开，
一场场都是未知的伤感。
……………………玫瑰花

春天不只生长绿色，还有燃情的欲望，以及对幸福的向往。

她像个影子一样在宇的脑海里盘旋，挥之不去。深深呼吸，假装气定神闲，宇却依然无法确定，她到底离自己有多远？也许远隔天涯海角，也许就只是一转身的距离。

宇忽然想起了海子的诗句："给每一座山每一条河起一个温暖的名字。"每一个鲜活的生命更应该有一个温暖的名字。她的名字叫游，是一个用文字取暖的素雅女人。温良敏感，从容淡定，内心却拥有一束坚定的光芒。

宇躺在橘黄色的床单上，望着头顶纯白色的天花板，感觉到自己内心的饥渴。对情感的欲望，纯洁盛大。想起离开时游半侧的柔软身体，内心徒生拥抱的愿望。仿佛只有彼此身体的接触，才能对抗生命的虚空。

可是宇依然能清楚地觉察到自己的慌张。内心挣扎荡漾着某种不安分的因素，常常勾起最为脆弱的神经。小雅像个潜藏的影，总在失神的瞬间，不经意地出现。宇伸出手臂，却触摸不到。那若隐若现的身姿，他始终无法企及。记忆中的小雅美得无与伦比，美得远离人间烟火，但这光泽，却始终照耀不到孤独的自己。

或者，对于宇而言，小雅永远是一个幻觉。

现实令人彷徨，宛若一场没有方向的逃亡。宇像极了一个迷路的孩子，身处茫茫的人海，找不到回家的路口。

丁若，你喜欢倾听心跳和鞋跟敲打地面的声音吗？我时常想象自己走在一条幽深且有树荫的路，风中有樱花的香味，偶有花瓣飘落在肩头，拾一片放入嘴里，品尝出淡淡的苦涩。苏苏说话的声音很轻，很好听。

文字如刀，锋利刺心。内心焦急，无法超越。

这时候忧伤和彷徨又如漫天黄沙般迎面扑来，瞬间，宇的身体就已沦陷。钻进厚重的被子，发出沉沉的叹气声，怀揣心之挣扎，屏声静候睡眠。

## 35. 在咖啡香中醒来

我在很久很久以后才懂得，
纵然是那些粲然的物质，
也没有那只手对我产生的诱惑大。
那只手能够领我到达的地方是我永远都不可能知道的了，
可是它长着一张叫作幸福的脸孔。
……………………张悦然

游盯着电脑中与文字相辅相成的图案，突然感觉到自己内心里的悸动。这几天和宇探讨合作的生活片段，早已成为明明暗暗的胶片，不期然地会用心珍藏和体贴。此刻，它们如同电影，在脑海中一幕幕依次地滑过，充满丰润的色彩和感染力。

宇，这个沉静的男子，举止内敛，却能用镜头呈现出一个瑰丽的视觉世界。那是一种温柔而果断的力量，没有声嘶力竭，却能直抵内心。

夜空静寂，期待情感高潮。长久以来对感情的抗拒，竟在此刻无端地释放和漂移。游低头默认，自己喜欢宇的静默容颜、文艺气息，以及丰富内心。

放了一首卡百利乐队的《在咖啡香中醒来》，满屋子似乎都有了卡布奇诺的咖啡香。浪漫而抒情的味道，在空气中舒展地漂浮。

那晚，我们都喝醉了。我吐了一地，迷迷糊糊地说，苏苏，怎样你才能真正地快乐？然后，眼泪就簌簌地掉落了下来。苏苏看着泪水中的我，苦苦地笑。如果没有爱情，我就不会寂寞。

阅读着自己写下的文字，游竟有片刻的恍惚。恩和的脸再度出现，像个纠缠的魔咒，一会儿是忧郁的清秀面庞，一会儿又幻化成穷凶的魔鬼。甜蜜的惊艳纵情，漫长的颓败凋零。不顾一切地深爱一场，收获的只是遗弃的伤感和填充的孤独。

游的心灵深处，对爱已然具有恐惧和本能的防护。

是不是彼此都是一样放不掉惶恐与守望的人呢？是不是彼此都拥有一样在爱与不爱之间挣扎的情怀呢？

谁能给出一个完美的路径？让自己能够穿透感情的迷雾，找到所谓的真相。

在文字里自由操纵感情，已经成为游的习惯。可以爱，可以不爱，可以让任何人都有爱上任何一个人的可能。回归现实，游却发现自己并没有那种能力，能够随心所欲地控制感情的收放。

这个现实的世界，仍然是从前的样子。简单地结束，简单地发生。唯有心路，写着不安。

此刻，游内心纠结。分岔的十字路口，究竟该往哪个方向去走？并非惧怕路途曲折，只是需要，前方，有丰盛的光。

## 36. 盛放

如果一时的害怕让我们惶然，
我宁愿再多等你一晚，
我可以把一切都给你，
包括下弦月的晚上。
……………………冰妃袭阳

有灿烂的阳光射在环形的玻璃窗上，投影出暖暖的圆。像是苏苏幸福地诉说，丁若，我们终于有了自己的孩子。

文章的最后一段文字，宇插进了一幅关于风筝的照片。画面很干净，视角垂直，白色的风筝被一根长线牵扯，以顽强的姿态漂浮着，背景是宽阔的蔚蓝天空。色彩心理学的观点，蓝色和白色的组合，可以给人安慰。宇告诉游。

用这样的方式告别文字的苍凉，并且印合了故事开放式的结局。很好，很好。游微微一笑。然后凝视宇。无声，良久。宇觉察到游的目光始终停留在自己的身上，于是低头端详，发现包裹着自己身体的是一件白色的衬衫，抬头时又看到游的身上披着一件淡蓝色的薄纱长衫。

现实中的蓝与白，竟与图片吻合。像是故意，却是巧合。

突然之间，宇的心底涌出惊诧的感觉。这究竟是不是上帝的安排，又或是命运的一个强烈暗号。

游如同一棵坚韧的藤蔓植物，靠在窗边，窗户是开的，有风吹进。游的长发飞舞，萧瑟的模样，凝聚成难以磨灭的寂寥容颜。

一切都像极了王家卫的电影镜头。寂寞的空气流动，诗样的情绪迅速泛滥膨胀。生活仿佛被割裂成一个又一个的华丽碎片。爱情。爱情。只有爱情，能够温暖冰冷的时光，能够让血脉持续铺张。

电影到了高潮，总有音乐痴缠。游的手指轻动，CD 唱机旋转，一个轻慢的女声肆意地低吟浅唱。

也许有一天，你会留下来，等天亮了再走。

人山人海，边走边爱。拿着车票微笑地等待。

王菲清冷的歌声，像缕优雅轻烟，总是能毫无声息地将人击倒于无形。

宇走近游，伸出手来，轻轻地抚摩她的手指。瞬间，游感觉到了宇从指间传来的温度，缓慢上升，经过身体，直至内心，无比湿热。

屋子的空间里仿佛有种莫名的情绪在逐渐扩散，让人甘心情愿地沉沦下去。

游把另一只手放在宇的掌心。宇，我不是一个容易让自己停留的人，而且，不愿意再相信爱情。只有文字，让我觉得安全。但你的出现，如同一道呼啸而过的闪电，短短的瞬间，急速照亮了我的内心，让我开始对感情重怀温暖的期待。

你的丰裕才华，你的静素气质，让我心怀欣赏。宇，我承认我喜欢你。

宇看着游的眼睛，露出淡淡笑容。他说游，你和你的文字均让我惊憾。遇见你，才觉世间竟有女如斯，安宁素然，吐字如兰，拥有恬静容颜，优雅内心，仿佛山间悄然开放的百合，又如深夜波澜起伏的大海，让人无法抗拒。游，我无法说服自己不去喜欢你。

游闭上眼睛，表情温顺陶醉，乌黑的头发垂了下来，身体柔软舒展，如花般盛放。宇抱紧了游，深深地吻了下去。

## 37. 影动，流年似水

习惯你如同习惯空气，
喜欢听你讲话的语气；
习惯你如同习惯空气，
喜欢猜你出的谜题；
喜欢你如同习惯空气，
喜欢听写给你的那首歌曲。
……………………苏苏铁木

宇常常来看游，携带大捆红色的玫瑰花，插进透明的玻璃花瓶里，放在落地的大理石窗台上，阳光懒洋洋地洒在上面，整个房间都亮了起来。

游会在家里做饭，熟练地使用不锈钢菜刀，一点一点，切碎从菜场买回的新鲜蔬菜。红的番茄，绿的青椒，黄色的南瓜和马铃薯。放进不锈钢锅里，被红色的火焰灼热，慢慢升腾起灰青色的烟雾。再用温火熬一锅奶油蘑菇浓汤，俩人面对面坐着，吞下白色米饭。

吃完饭，他们一起洗碗。水龙头开着，能听见哗哗的流水声。宇会哼一些耳熟能详的流行歌曲。比如周杰伦的《简单爱》，比如王力宏的《大城小爱》。婉转迂回的曲调，饶舌的模仿。游一边收拾起洗好的碗筷，一边欢快地笑出声来。

游和宇在一起品尝生活的点滴快乐，彼此尽享淋漓尽致的真性情。从黎明到黄昏，从朝阳到繁星，他们的世界仿佛充满了喜悦与激情。到了夜深人静，点一盏从 IKEA 买回来的白色桐油灯盏，火光闪烁，

耳鬓厮磨。游在昏黄的灯光中诉说，宇则侧耳专注聆听。窗外有月正圆，如约见证美好时刻。

地上有影，浮光若动；时光深处，静如流年。

说得累了，困了，两人相拥着睡去。身体与呼吸相互交织。用着统一的姿势，进入虚幻的梦境。

黑暗中，存在严重的失重感。晕眩。慌乱。仿佛有不停止的脚步。天色渐渐明亮了起来。宇在行走。看到白雪茫茫，听见大海涛声。白衣的女子若隐若现。两旁是茂密的香樟树。小雅，小雅，小雅……宇的呼喊声嘶力竭。树木被惊动，叶子纷纷坠落，飘溢寂寞的清香。她却仿佛听不见，没有任何的回应。宇开始急速奔跑，想要追上她。漫长的路，竭力去奔跑，发现竟是徒劳。风在耳边呼呼作响，感觉到内心的痛苦。他始终没有追上她，他始终没有见到她的脸。

游坐在床边，轻轻抚摸宇的头发。你怎么了？出了一身的汗。没事儿。也许是有些着凉。宇从梦境中醒来，想要记忆，又想要挣脱。游起身倒了一杯热水，放入一包板蓝根，搅拌后递给宇。快趁热把它喝下。宇接过来，一饮而尽，内心充满暖意。

等岁月轻薄　等春光浮散

终究可以将你守望成最美的风景

## 38. 最美丽的姿态

它就在那里，
在无声无息之中，
永远使人为之惊叹。
在所有的形象之中，
只有它让我感到自悦自喜，
只有在它那里，
我才认识自己，
感到心醉神迷。
…………………杜拉斯

宇。宇。

我在。

把手给我。

好的。

握紧我。

嗯。

看着我的眼睛。

好。

你爱我吗?

我爱你。

你真的爱我吗?

我真的爱你。

宇。你知道吗? 爱，在我心中是个神奇而又恐惧的词语。它可以将生活迅速点燃，也可以让一切黯淡凄凉。爱，究竟是用来忘记，还是用来记忆?

游。我理解的爱，是激情，更是结实和温暖，有妖娆之色，同时也会释放朴素的光。

游微笑地望着宇，灯火阑珊与忧恨离别此刻均已与己无关。她只是一个静心守爱，用文字取暖的女子。曾经有过荒芜的感情，所以会更珍惜此刻心底孕育的无限温柔。

这种感觉如此真实，如此浓郁，并且如此美好。

忽然，游有了盛放的欲望，面对着这个沉静的男子。一种热烈的情绪，逼仄而来，不容商量。这要命的深情，无可救药，即使零落成泥，也愿意含笑送上一缕袭人的清香。

宇。我开始考虑是不是该走到你的镜头前，凝视你的凝视，表达你的表达。游认真地说。如果没有准备好，不要勉强。我十分期待，

但也可以等待。因为在我的心里，镜头内外的你，同样美丽。宇认真地回答。

很多个镜头瞬间。动态，静态，关于游。她穿着白色的短裤和黑色的丝袜，衬衫开口很低，露出狭长的锁骨，微微仰起的眉，不愿流俗的姿态；她靠在墙壁上，蓝得妖冶的牛仔裤，手指间一根淡漠的中南海香烟，侧脸望着窗外，矜持高贵的姿态；她蹲在地板上，红色的尖头皮鞋，面无表情地看着前方，游移的眼神，自恋其中的姿态；她亭亭玉立，双手自然下垂，落在纤细的腰上，裹身的灰色短裙，冷淡线条，曼妙婀娜的姿态。

按动快门的声音，一声一声，清脆悦耳，伴随宇内心的喜悦，幻化成一种无法言说的幸福。如春风化雨，破茧而出，又如晓风明月，静候弦音。宇在电脑中翻阅这些相片，审视游的姿态舒适乖张，任心潮波澜起伏，美到了魂里梦里。

## 39. 再见，再也不见

就在曙色，
潜进所有朝东的窗口同时，
召唤晨祷的呼喊，
从高高的塔台，
飞向初明的天际，
向这众神聚集的城市宣告，
上帝的孤寂。
……………………博尔赫斯

清凉如水的夜晚。若兰静静地坐在游的对面，脸上有忧伤的表情，眉目间显露出紧张失神的情绪。海一样的沉默，隐藏不住内心巨大的伤口。

阿兵死了，死于车祸。漆黑的夜晚，阿兵驾车以一百三十迈的速度急驰，在偏僻街道转弯处与逆行的大货车迎面相撞，车辆严重变形，阿兵当场昏迷，送入医院抢救后，因失血过多死亡。

在若兰的叙述中，游听见生命碎裂的声音。

夜色中的北京城流光溢彩，车水马龙，此刻在游的眼中，却呈现出一片干涸与荒芜。

阿兵，阿兵，阿兵。游在心里不断地呼唤着这个大理男孩的名字。可是她知道，再也不会听到任何的回应了。阿兵，已在时间的长河里消失不见，留下的，只有他的诗，以及无尽的追思和记忆。

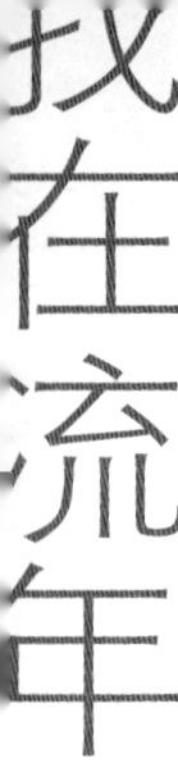



游，你知道吗？医生在抢救阿兵的过程中，他曾经有短暂的清醒，微张的嘴重复地念了几遍你的名字后，就再也没有醒来。如果当时你在他身边，结果是否能够改变？若兰说话的声音很轻。

房间里寂静一片，游能听见自己急促的呼吸声。那一刻，她仿佛看见阿兵，仰面躺在被鲜血染红的水泥地面上，身体被灰蓝色的光芒覆盖，手臂弯曲，眼睛紧闭，没有任何表情。在生命的尽头，他用力地呼喊最爱的女子，内心充满对死亡的恐惧。

还没有来得及老去，甚至还没有体验相爱的经历，就要默默地凋谢，怀抱遗憾，独自离开。

长亭愁听，咫尺孤零。星光有如落花般忧伤。

“暗动的流光，也许会美过彩虹。”游想起了阿兵对自己说过的话，内心有强烈的忏悔。从大理离开，再未曾见到阿兵，偶有联系，电话中也只匆匆几语，总觉来日方长，见面指日可期。游亦明白天真敦厚的阿兵对她殷实的情感指向，单纯热烈，自己却无法接受，心有逃避，以为这是属于夏花和冬雪的情缘，永远不能开花结果。

这个天真敦厚的男子，怀着压抑的情感，念着不可触及的人，以意外的方式，走完了人生。

当时光如尘土般寂静时，唯愿远去的魂灵终能得到安宁和慰藉。

若兰，请给我订一张去大理的机票。我想去送阿兵最后一程。游轻拭眼泪对若兰说。

## 40. 目光

有些时候，
寂静是最好的音乐。
弹奏者悄悄隐去了。
隐藏在如痴如醉的听者之间，
找不出来，
也忘了自己。
……………………钟立风

一部没有看完的电影光碟，剧情被游手中的遥控器操纵，不停地快进快退，快退快进。电影中的人物来回地行走，忽左忽右，向前向后。画面凌乱，茫然无措。电视机产生沙沙的伴音。

宇走过来，伸手关掉电源，坐在游的身旁。

看着我，游。沉溺无法挽救离别。而友谊，终生铭记才是真谛。

游抬起头来，望看宇。平和男子深沉如海的目光，传递出关切和温暖。

有些事情已经留在昨天，有些人还可以活在心里面。宇低声继续说。

时光是用来怀念的。时光也是用来忘记的。对吗？宇。

宇没有回答。双手在游的发丝间穿梭抚摩，手指迂回，交付温柔。仿佛能够听到的时间移动的声音，但此时，无声胜有声。

我订了北京到大理的机票，赶去参加阿兵的葬礼。

哦，好。什么时间?

后天中午的飞机。

需要我陪你去吗?

不用。我自己去即可。这样阿兵可以走得坦然一些。

好的。路途遥远，你自己要多保重身体。

我会的。放心。

大理有清风明月，绸缎城池。处理完事情，你可小住数日，舒解一下沉闷的心情。

我明白。宇，你说的也真正是我想要做的。

答应我一件事情。好吗?

什么?

不许流太多的眼泪。那样我会心疼。宇温柔宽厚的声音。

游抱住宇，把身体紧紧地贴在他的胸口，仿佛想要融化在他的怀里。她已经习惯了他带给她的一切。爱和感动，沉静和温暖，陌生和熟悉，幻想和甜蜜。

原来心有千千结，唯有君能解。

宇。

我在。游。

感谢时光的恩赐，让我遇见了你。

生活就是这样不可思议。游，因为有爱，一切就会很美好。

我爱你。

我也爱你。

我们彼此聆听过孤独的倾诉。我们共同完成了诚恳的作品。我们拥抱，我们爱抚，我们亲吻，我们做爱。我们要永远心怀彼此。我们要爱到永远相互伴随。

不说永远，游，那太虚无。就此生。就此生，足矣。

宇，你让我的生命重获丰盛和富饶。我期望可以用一生的时间来捕获你。两人一马，明日天涯。

游，我只是清醒地知道，你的姿态，我在别处无法攫取。看到你，就能感知天长地久，三月桃花。

如果有一天我们走散了，无论走到哪里，我都会把你找回来。

我相信。I believe in it。

## 41. 浮屿

一切都在周围暗下去，
只剩下我们自己轻轻的脚步声。
……………………荞麦

仍然是住在大理古城四季客栈，仍然选择了朝阳的单人间。房间仍然在二层，打开窗户，仍然能看见院落里茂盛生长的各种绿色植物。中间仍然是一个石头砌成的长方形台子，台上仍然竖着一个宽大的木板，上面贴满了比上次来时更多的旅客留言贴。木板下仍然有只肥胖的花猫。

游深呼吸，古城还是从前熟悉的味道，朴素文雅，张弛有度。只是不见了阿兵，那个留着清爽短发，吹着响亮口哨，爱好诗歌的大男孩。

阿兵再也不会出现了。物是人非。徒添记忆哀愁。

环绕洱海的小路。古城的石板街道。游沿着和阿兵曾经漫步的路途不停地行走。游相信，通过行走，重拾共享的点滴记忆，是怀念一个人最好的方式。走得累了，游就躺在路边的长条石凳上休息，用手掌遮住眼睛，阻挡强烈的太阳光。有时会在树荫下睡去，发出均匀的呼吸。潜意识里，仿佛阿兵还在身边，他的黝黑皮肤，他的来回行走的脚步，他的笑声。他的加速奔跑。他泡的茶水。他做的云南菜。如此接近，却在醒来时，瞬间远去。

阳光煦暖，心仍是冷。

在四季客栈的留言板上，选择了最干净的一块，游用丙烯颜料写下："暗动的流光，定义了古城永恒的容颜。读懂了大理，如同读懂了你。"橘红色的字体。醒目。真实。很有力量。

阿兵，希望当你醒来的时候，可以第一时间看到。我知道你会寻找，寻找我，寻找我的身影，寻找我的气息，寻找我的足迹，寻找我的文字。当你醒来，你要第一个找到这里，看见丙烯颜料涂写的字体。心灵的角度，没有弯曲。不和你说再见了，那会让我和你都产生沉重的心理负担。不好。不好。我会常来看你，也会一直记得你。你的模样。你的表情。你的声音。你的诗歌。但请你，把我忘记。一定要忘记。

相遇很难，相忘简单。游在心里默念。

这晚，游站在古城里最寂静的位置，肩头披满了星光，目光直视远方，视觉的焦点铺成一片沉默的海洋。晓梦深处，浮屿微现。听见高原上的歌声，响彻诗一般的夜色。渐渐远去的思念，如同一个悠长的隧道，走一程，便消失一程。

远处有光，若隐若现，而行走过的路途，是一片宁静的蓝。

## 42. 爱的朝圣者

你可能猜测过我是谁，
我的确给过你，
字里行间的线索。
……………………叶倾城

北京。天空晴朗。宇把家里清扫干净，发手机短信给游，道声早安，说遍想你。彼此的问候是每天必须进行的功课。得到回复，内心即刻从容安宁。

背着相机出门，行行摄摄。镜头对着摩天大厦的楼顶。梳平头的少年，长满青苔的石头，挂在电线上的破旧风筝，那些不被人注意的景象，被宇一一细心地捕捉。用相机记载。他越来越喜欢逆光的拍摄。焦距错乱的时候，相片上出现大面积的光斑。或左，或右。忽上，忽下。给照片带来迷茫的美感。宇喜欢上它们的不可捉摸和无法控制。忘记了所有技术的桎梏，可以更单纯地享受摄影原生的快乐。

这些照片经过 Photoshop 软件的处理后，陆续放置在宇的网络空间里，再选择一些游创作的文字，配合图片，显示静谧美好。每次更新，总有很多人回复、评论，表达欣赏或期待。看到这样的留言，宇的内心充满喜悦。他越来越清晰地感觉到自己的快乐，已经和游紧密地联系在一起，情感脉络息息相关，亲密交融心怀感激。宇也深深地相信，他会和她一起，等待游的作品上市，看那些流淌着两个人共同情绪的文字和图片，逐渐渗透给每一个热爱生活和艺术的人。

这是件多么美好的事情。这是件多么抒情的事情。当你途经我的盛放，轻轻回眸的瞬间，无声处默默流动永恒的春光。

中午，宇在新街口麦当劳吃汉堡包的时候，接到了老黑打来的电话。

兄弟，好久不见。在网上看到你的空间，惊撼于你作品的表现力，深感你摄影技术的增进。

老黑，我很想念你。你粗爽的声音一如过往，仿佛你仍旧在我的身边。可是我们都长大了。真的，成长就好像只有一瞬间，我还清晰地记得我们一起在学校共同度过的时光，那么美好和值得怀念。

谁也无法回避成长，所以要尽情地享受它的快乐。

你什么时候成了哲学家啦，呵呵。

与热衷思想探源的哲学家相比，显然年轻的摄影师更具魅力和想象力。

宇微微一笑，没有作答，继续听老黑讲话。

空间里配的文字很有张力，谁写的?

是游，文学青年，我的女朋友。

从文字和图片中，我能够感受到强烈的气场契合。你们是合适的伴侣，我祝福你们。

谢谢你，老黑。

可是，我有一丝隐约的担心。

你担心什么?

宇，你能忘记小雅吗? 那个占据你少年时代无数幻梦的女孩。我担心她的存在或者你对她记忆的存在，以及你内心的善良，会影响你的情感判断或选择。

少年情怀。华彩片段。始终和宇保持着一个固定的距离。不远不近，无法企及。清晰的回忆和残缺的情感混沌交融，如同一把闪亮的匕首，一边锋利，一边迟钝。

分裂后的理性回归真实。挣扎过的灵魂悄然宁静。

是的，老黑，以前我们常常探讨爱情，我无法忘记小雅。我一直记得她。但是，我确定我爱上了游。我会和游在一起，此生不离不弃。

对游无爱的话，亦无法对她的文字理解得如此深重。我相信你的真实情感。我只是无法确定，如果某日，当你真正面临抉择，你会做出怎样的选择。

宇的眉毛轻轻地动了一下，心里有话想说，但没有出声。

要小心，要谨慎。宇。

你会成为一个爱的朝圣者。

## 43. 回声

结局是什么？
结局就是有一天在属于我的天空中，
打开我的心，
却看到了你的岛屿。
……………………棉棉

阿兵的葬礼如期举行。

参加葬礼的人很多，同学、朋友、生意伙伴、诗歌同好者。他们依次从阿兵的遗体边走过，献花，低首，行注目礼。多数人面容忧郁，也有人暗自垂泪。

穿着一身黑衣的葬礼主持人宣读阿兵的生平，语调沉稳，神态安详。

阿兵，云南大理籍男子，沉默内敛，内心浪漫，一生钟爱诗歌，创作众多，作品散见于网络或报刊。阿兵曾经说过诗是语言的意外。造化弄人，他自己也以意外的方式遭遇了死亡……

游站在一旁，聆听着貌似平静的叙述，用力地阻止内心庞大的忧伤。当感伤的情绪被强悍的理性所抑制，内心选择性地恢复了一度中断的思考。

阿兵，我是游。今天我来送你最后的一程。知道你喜欢诗，就把诗人布莱希特的作品——《回忆玛丽·安》，节选了段落送给你——如果，此刻你正好感到寂寞，请不要难过，这不是你的错。

那是　蓝色九月的一天

我在一株梨树的细长阴影下　静静搂着她

我的情人是这样　苍白和沉默　仿佛一个不逝的梦

在我们头上　在夏天明亮的空中　有一朵云

我的双眼久久凝望它

它很白　很高　离我们很远

然后我抬起头　发现它不见了

自那天以后　很多月亮

悄悄移过天空

落下去

念毕。一个高个子的中年男子缓缓走近游。哑声询问，你是游？游点头。我是阿兵的父亲。厚重的声音里带着明显的忧伤。他有着如同阿兵一样深邃的目光，一样轮廓分明的脸型，只是普通话说得不如他的孩子流利。

在整理阿兵的遗物时，发现了这个。阿兵的父亲边说边把一个暗红色的皮本子递给游。这个，应该是他想给你的。我猜。

游打开本子，见到第一页上写着这样的文字："所有璀璨的星光，在她的面前，全部黯淡失光。"继续翻动纸张，逐页看见阿兵的心语独白。文字锋利，有坚韧的美感。

爱与不爱，或许只间隔薄薄的一层纱，捅破它，连一丝惊动的声音，都不需要发生。

要在自己的情感中寻找意义。因为我相信，爱之所以存在，必须有它言之凿凿的理由。

我愿意与古城一起呼吸，我愿意与她共享心跳。

游的文字，关于寂寞，关于宁静，关于旅行，关于离别，都无限地诱动着我。我无力抗拒，心甘情愿被灵魂深处的直觉吸引。

这算是拒绝吗？缘来却是无声的残酷。

大理下雨了。雨水潮湿冰凉，但无法阻挡我对她的温柔和向往。

她要回北京了。我要流离失所了。

游仿佛看见一个墙下浮思的少年，坦然面对自己的重重心事，带着些许的悲伤和无法摆脱的沉沦之感，寂静地生活。

所有文字的最后，是一首诗。题目赫然写着，《轮回》——给游。

初初见你　三月的脸

掩映在寂寞的百褶裙中

结成　一树亮丽的杜鹃

从此　我的心里

没有了黑夜白昼

却诞生了不知疲倦的思恋

如果爱你　可以爱很多年

我宁愿封存思念你的每一个瞬间

在古城的角落

在洱海的边缘

灯火阑珊处

听取痴心一片

所有轮回的梦啊

可不可以

都留给昨天那些寂静的时间

而我　终将在面对你时

静默无言

游合上了本子，双手合十，闭上眼睛。阿兵，你已经不堪寂寞。你已经无心从容。愿西方是一片乐土。愿一切风轻云淡。愿你安详。

## 44. 无声守望

人与人之间的这份郑重而留恋的对待，
也许已经是奢侈的事，
但值得追寻。
……………………安妮宝贝

子夜一点。游写完一封电子邮件，在标题处标记了红色特急符号，点击发送，给若兰。她告诉若兰，要把阿兵写的诗收录到自己即将出版的作品中。她说，这首诗如同生长在黑暗沼泽中的洁白莲花，能够使人愉悦与坚定，心怀美好，负重前行。文学的真正意义，正在于此。

邮件的附件是阿兵写的诗——《轮回》。

此时，窗外是深蓝色的天空，没有月亮和星星。浓重的夜像剧场的幕布一样覆盖了视力所及的整个际面。游对着透明的玻璃梳理了一下蓬起的头发，深深地呼吸。这样万籁俱寂、怀旧脆弱的时刻，她不想再沦陷在记忆的黑洞里。塞上红黑配色的 Monster 耳塞，打开随身的 iPad，伴着悠扬的钢琴乐曲，任自己的身体放松地寻找睡眠。

在清晨的鸟鸣声中醒来，心如初春般温暖，游从床上坐起，伸直双臂，舒张身体。时间的转弯处，梦与现实渐渐游离。有些记忆，终要远去。生活仍会继续。

陪君醉笑三千场，不诉离殇。

城池寂寞 情绪纷乱如雪
我的手握不住时间
那天 我们遇见
那天 天空好蓝
我的手藏在牛仔裤里
我的手握不住时间

刷牙时感觉手机震动，游放下杯子，阅读宇的短信。游，天燥，多饮水，云南气温薄凉，早晚记得加衣，祝好。言简意赅，暖暖的问候。被水稀释的牙膏宛若咖啡因般贯穿了身体的每一根神经。

是八月的盛夏，花香伴随着清风一阵阵袭来，荡起心房一圈圈美好的涟漪。

沿着一条石板小路，盘过几道弯，向前一直走，尽头处就是阿兵的墓地。黑色的墓碑，高高耸立，雕刻着“诗样人生　博雅温纯”八个端庄大字，楷体字的墓志铭，郑重安稳。墓碑下是水银色的石台，有三层台阶，分别摆放着鲜花、水果、香炉。旁边绿草茵茵，间杂无名的野花，还有一棵粗壮的杜鹃花树，枝干粗壮，叶子茂盛。阿兵灵魂的栖所，宁静丰盛。所有辗转的细节都在时光中成为守望，此刻无声，游觉得心安。

在阿兵的墓碑旁坐下，眺望远处蔚蓝的天空，内心一片空旷，漫长的忧伤转化成久违的轻松。游从未爱过阿兵，是无须论证的事实，虽然始终感觉亏欠这个男子，但内心里早已认同情感发生的缺陷所在，也从未放弃尊重与感激，无论他的出现、存在或消失。阿兵处理情感的方式，成熟内敛，内心痴爱，有过短暂的试探，被拒绝后仿佛匿迹，独自收藏心事，持久关注，不予对方压力，的确是游欣赏的态度。清醒自知，豁达有度。

爱的本质与核心，永远都不是怜悯地给予。

游的内心渐渐平和。

## 45. 光在哪里

当我在岸上伫望时，
远逝的帆影最美。
当我在海上漂荡时，
港口的灯火最美。
……………………周国平

生活总是荡漾着某种不安分的因素，于无声的转弯处勾起人内心最为脆弱的神经。

从 798[①] 摄影采风回来的路途中，经过一条狭长的小街。街道的两侧分布着一些文艺范儿设计的细小店铺，有卖衣服的，有卖书籍的，有卖唱片的，也有卖食品的，纭纭种种，各有姿态，小清新 Style，浓淡相宜。

透过玻璃车窗，宇感受到青草、泥土、微风和民谣音乐的芳香气息。珠贝雏菊，空谷幽蓝，竟都是宁喜欢的味道。

把车停在路旁的车位上，熄火，拉好手刹。宇信步而行。经过一个又一个的店，脚步缓慢柔软。三三两两的行人从身边经过，听见细细交谈的声音。几辆北京现代出租车飞快而轻声地驰过，转瞬消失不见。

看到古老仿旧的青砖设计，内心即被吸引，宇轻触木制的店门。店

① 798 艺术区位于北京市朝阳区酒仙桥街道大山子地区，故又称大山子艺术区（英文简称 DAD — Dashanzi Art District）。

铺的名字叫“左岸深蓝”，还有英文 logo“Left Side & Deep Blue”挂在门的上方。这是一家经营西点和冷饮的店，玻璃柜台里有品种繁多的展示品，蛋糕、饼干、奶酪，还有各种面包。大厅很大，墙壁粉刷成耀眼的白色，地板铺着镶嵌几何图案的灰白色瓷砖。其余全是蓝色，蓝色的隔断，蓝色的沙发，蓝色的茶几，蓝色的吊灯。魔幻的格调中带着一股舒淡。

宇选了靠窗的位置坐下，背对着吧台呼唤，请来点单。一杯长岛冰茶，一块蓝莓奶酪，再要一个朗姆酒冰淇淋，上面加一些果仁。谢谢。

先生，一共四十七元。略带沙哑的缱绻女声。

宇转头支付现金时，目光交错，只一秒，瞬间冻结。面前的女子，穿白色棉布连衣裙，乌黑的长发披在肩头，下颌的曲线有美好的弧度。所有的流转在此刻停止，时光簌簌地回落。

少年小雅。晓梦白裙。

世上只有一个你。梦一样的片断，重归现实，偶然承接纯净记忆。

小雅落座在宇的车里，以矜持的姿态，眉目疏淡，显出落拓的美感。

这些年你在哪里？过得还好吗？宇关切地询问。

我一直以为，长久地做一个卑微的人，漂泊在路上，是一种担当。小雅缓慢地发声。她的睫毛眨动，漂亮的眼睛漂浮着难言的忧伤。

宇。你走以后，感觉被遗弃，很伤心，更加丧失了上学的兴趣。没过多久，我就辍学了，然后离开那里，离开回忆，试图忘记，想要重新开始。一个双肩背包，就是我全部的行囊。走到哪里，哪里就是我的家。我去过四川、宁夏、甘肃、新疆和西藏。在每一个停留的地方，打工谋生，做过餐厅招待和酒吧歌手，留下斑驳印记。

在西藏停留的时间最长，因为喜欢那里稀薄的落日和清朗的空气。布达拉宫旁的八角街，有一家叫“Sense”的酒吧，我在那里做驻唱歌手。华灯初上的夜晚，捧起吉他和麦克风，以虔诚和自我的姿态，唱都市民谣，唱蓝调爵士，赢得掌声，也收获人民币。闲散时就去旅游，从拉萨开始，向南或者向北，奔波数日，折返，继续唱歌赚钱，再外出，再折返，循环往复。

有一次在去纳木错的路上，我看见路边的树木隐藏在昏黄的颜色里，茫茫的一片。近处有蓝绿色的湖水，水鸟轻轻地从平静的水面上掠过，脚掌轻弹，溅起水花，发出欢快的叫声，远处是绵延的雪山，静寂地站着，带着永未散去的留恋。

忽然，我开始疯狂地想你。

不知道你的电话，不知道你的地址，我只知道你在北京。北京，曾经也是我的北京。但自从幼年离开，便再也没有回去。记忆里的北京城，是灰色的城墙，是宽阔的长安街，是绵延的胡同，是汪峰的歌曲。是忧伤，是遗忘，是不熄灭的想念，是你。在我的心底，你就是北京。

辞掉工作，离开西藏，想要寻找到你。

寻找是一条艰难的路途，我选择坚定地前行。没有足够的钱坐飞机，就在公路边等候搭车。偶有好心的司机会停下来，载你一程。没车的时候，就步行，走走停停，行者无疆。踏过闹市春城，跨越边关小镇，历经多少寂寞的夜晚。漫漫长路，以影为伴。

途中我学会了抽烟，三元五角一盒的软包装白沙烟，一根接一根，在虚无的烟雾中对抗沉重的睡眠。几个月下来，瘦了十七斤。终于接近北京。

北京城的黄昏，华灯初上，渐渐显现繁华的轮廓。挺拔的梧桐树，巨幅的广告牌，建国门高耸的建筑群，二环路上闪动的车流。在这个陌生的城市，我仿佛只是个过客，抵达，却并非终点。除你之外，无欲无求。

我只想找到你。你知道吗？宇。

小雅咳嗽了几声，继续讲。我的嗓子因长期猛烈地吸烟，声音变得灰暗嘶哑。不能再开口唱歌，只好在西单的一家寿司店做迎宾，也没干多久，因为老板的性暗示而果断离开。昨天刚来到这里，应聘作了收银员，每周休息一天，月薪两千三百五十元，包午餐和晚餐。

宇，你知道吗？有一天在五道口的“光合作用”书店，我看见一本书，书名叫《我知道光在哪里》。很灿烂的主题，却让我心生寒意。我可以很肯定地告诉你，我心里的光，藏在最黑暗的地方。

听着小雅平静的叙述，宇的内心产生强烈的波动，许多停顿、沉淀、感动以及蔓延，层层叠叠，夹杂在一起，纷纷拥了上来，有乱了方寸的预感。刹那，宇感觉出自己眼眶的湿热，身体产生轻微的颤抖。他不想让小雅看见，就转过头来，打开车门。小雅，请稍等一会儿，我去买点儿矿泉水来喝。

最初的美好早已逝去，小雅却从未表示过哀悼。背负沉重的时间冰河，封存青春记忆和少年忧伤，遗忘苦乐，探索前行。她的世界格外的干净与安宁，仿若身外无它，只有如夜的深沉和丰盈的情感。每当想念时，又无助而彷徨，像沉入海洋，连呼吸都不能。

我能理解你的情感。宇想。

哪怕脚下是万丈深渊，也要继续前行寻找希望。

## 46. 对话

拉开了时间的窗帘，
你在我回忆里留言。
怀念倒不如相见，
你的眼睛是否晴天？
……………………小寒

有时候，宇的脑海里会闪过记忆深处的一张脸庞。她仿佛仍旧生活在那个寂静的小镇。独来独往，不食人间烟火。她喜欢穿白色的纱裙，仰起头时下颌的曲线呈现出美好的弧度。她瘦弱的身体里隐藏着某种强悍的力量，令他深深着迷。

他当然忘记不了那场忧郁的离别。他的脸紧紧地贴在密闭的车窗上，鼻子和嘴被透明的玻璃挤压变形。扭曲，如同马戏团小丑的鬼脸，此刻却无法带给观者欢乐和快感。远处的她靠在一棵高大的杨树下，低着头，任风吹动裙摆，姿势格外的忧伤。她双唇微启，仿佛在念着什么，他却什么也听不见。

就在那一瞬间，他感觉到身边的温暖悄然褪去。骄阳似火的季节，却仿佛触摸到刻骨的寒。

从此，他变成一只受伤的鸵鸟，在寂寞与绝望中蜷缩起身体，把头埋进黑暗的房间。与世隔绝，和相机、音乐做伴。

此刻，她就安安静静地坐在他的对面。眼神中有迟疑、不安定，以及脉脉温情。

小雅租住的房间在东坝，这个巨大型城市的边缘。五环外接近荒凉的街道，没有路灯，没有购物中心，没有 KTV，没有 Starbucks，没有 7-ELEVEN。拐过几道弯后的一间简陋平房小屋。劣质的家具散发出呛鼻的油漆味。一张铸铁的床，床角露出斑驳的锈迹。一个褪色的木桌，一个简易的塑料衣柜。地上散落着水盆、拖鞋、零乱的衣服和手机充电器。宇站起来，把窗户打开，有凉风嗖嗖地吹进来。寒冷，清醒，独自观望。

时间迅速定位。一个怀旧的夜晚，注定有故事发生。

小雅脱去外套，挂在窗前的一根铁丝上，然后转身。动作很缓慢，像极了文艺电影中的慢镜头。她用火柴点燃一支白色的香烟，递给宇。宇接过来，却没有抽。

小雅看了一眼宇，自己点燃了一支。最便宜的中南海，焦油含量中。

宇。有人告诉我，世界上没有什么东西是永恒的，欢乐、忧伤、记忆，以及感情。如果它是流动的，它就流走了；如果它是静止的，它就干枯了。我不相信。我说，如果它是生长的，它就会越发茂盛。她的嗓音嘶哑，听起来让宇格外心疼。

小雅用一只破旧的瓷碗接了些自来水，放在地上，把未燃尽的中南海香烟扔了进去。滋滋拉拉的响声过后，烟头被浸湿，然后熄灭。小雅踢掉脚上的帆布鞋，脚踩在黑色的水泥地面上，短袜的颜色白得很突兀。宇。我的记忆里总是浮现出重复的画面。脉络清晰，如同电影。一个静寂少年站在金黄色的地平线上，直视未知的远方。白色衬衫被风吹起，身体散发纯净的光。他迈步走过崎岖的山路，穿越翠绿色的森林，始终在途中，持续着行走。我想要追上他，告诉他自己想要和他一起漫游穿行，却怎么也追赶不上他的步伐。目睹着少年渐行渐远，消失不见，内心里陡然流淌出一条忧伤的溪流。

宇想起了自己曾经有过的梦境，如此相似，原来竟是彼此互相坚持的幻觉。

小雅的声音继续，时间，路途，远方。宇。我很想你。世界能够给予我的评判，都在你那里。苦难，梦想，血液，疼痛，也都在那里。

我不想忘记。我也不会忘记。

## 47. 转身

幸福总突然地转身，
将背影留给某个人。
坐在黄昏里守着那一扇门，
一转眼，
从夜晚，
到清晨。
……………………王海涛

游端坐在古城的一个咖啡馆里，喝着冒着热气的拿铁，内心里空空荡荡。从透明的落地窗看出去，淡淡的阳光刚好在空旷的街道上投下一片迷茫的阴影。

她在起床的时候收到宇发来的短信。游。我要回乡下住一段时间。或许，我们会长时间失去联系。我很安全，别找我。请自己多珍重。宇。

游把电话打回去，收听到的却是一次次无助的忙音。她一次次地拨打，一次次地收获失望。然后又发去很多封邮件，也如同石沉大海，始终没有回复。

断了所有的消息，游无法联系到宇。

她匆匆订了次日飞返北京的机票。心有隐忧，慌乱，焦急，不知所措。

她渐渐有了忧伤的预感。仿佛置身陡峭山尖，闪电雷鸣交错呈现，一场暴雨即将倾盆而下。黑暗越来越近。无处躲避，只有莫名的恐惧偷偷来袭。如同当初被恩和遗弃的时间，阴影般的痛苦记忆再度来袭。

她厌恶此时内心的情绪。她鄙视自己此时的脆弱。关于宇，这个朴素清洁的男子，她更愿意相信自己最初的选择。可以遗忘所有的人和事，只为了与他发生一场恒久的爱情。

她爱宇。她相信宇也爱她。彼此透明，没有秘密。

喝掉最后的一口拿铁，杯底有残留的奶白泡沫，游起身结账。走出门口的时候，耳畔经过清凉的风。回头，看见玻璃上的淡蓝色窗帘，安静得似乎没有一丝皱纹。地面上是狭长的影子，一地寂然。

预感的画面和现实忽然开始纠结起来，如影捕风。

已经是黄昏，没有方向，随着脚步行到城墙下边，看到暮色迷离的天空中点缀着淡淡的灰白色云朵，像一幅典雅的水墨画。在城楼的檐角，总是有红色的灯笼，还有一群不知名的夜鸟，盘旋飞翔，一圈又一圈。它们疲劳飞行，没有语言。但游相信，它们只是不想说话。在它们的内心，一定隐藏着大段大段的私密独白。

淡淡的夜，深深的怅惘。

霓虹灯一点点亮起，旅行者交错出现，拍照喧哗。游绕着城墙行走，不想说话，试图让自己变成一个无法发音的哑巴。有长发的外国男子搭讪，游低头置之不理，面无表情地走过。

有时候一些糟糕的情绪，会使人失去语言的能力。

看一场电影吧。游想。大理古城里唯一的一家电影院，坐落在古城的西南角。没有巨制的好莱坞大片，没有新的华语偶像剧。偌大的剧场里空空荡荡。电影已经开始。深蓝色的画面，长焦迫近式的镜头。《千禧曼波》，台湾导演侯孝贤的旧作。当舒缓的配乐像水流一样倾泻出来的时候，游把自己的情绪轻易地沦陷在电影情节里。女主人公舒淇有一张迷离的脸，特写画面时，可以看见众多率性的小雀斑。扭转，写着不安，在窄小的空间里不断地出现。蓝色的潮水在暮色中翻涌，天空的色彩是模糊的。一条长长的走廊，仿佛是时空的隧道，尽头在哪里？谁也不会知道，谁也无从知晓。

终于，散场的灯亮起立体化的明黄色光线，游感觉刺眼。她伸出手掌，放在前额，遮挡住眼睛。低头时看见自己寂寥的影子，被遗弃，被忘记，被孤独地遗留在某个偏僻的角落里。

很多情绪，像逝去的烟花，淡了，散了，不见了。

游突然轻轻地哭了起来。

## 48. 时光小偷

你说起那条回家的路，
路上有开满鲜花的树，
秋天里风吹花儿轻舞，
阳光会碎落成一面湖。
……………………王筝

宇驾着车在高速公路上行驶，速度 110 迈。副驾驶的座位上，坐着小雅。CD 机里播放着孙燕姿的新歌《时光小偷》。

看着世界变幻　时光像小偷拿走眼泪　从不同的地方

也许吧　泪滴在琴上　所以我　有了歌能唱

回忆很美　未来很慢　我的故事因此写到一半……

天气不好，能见度低，一片雾蒙蒙的灰。车窗外飞速掠过颓败的建筑。小雅侧过脸对着宇说话。宇，没有晴朗的天空，没有洁白的云朵，依然无法阻挡我对那个地方的回顾和向往。说完，她习惯性地扬起下颌，显现出美妙的弧度。姿势无比矜持。

宇伸手把车子的天窗打开 45 度角。有逆行的风斜斜地灌了进来。小雅的头发轻微地飘动。

小雅，你知道吗？那里有我洁净少年美好的情感记忆，那里埋葬着我最亲爱的祖母。每当我在城市的水泥森林里感觉到压抑和迷茫，我总想回到那里，仿佛可以清洁自己的灵魂。一些些疏离，一些些恍惚，都无法改变它留存在我心底的那些温暖记忆。

这种温暖，和我有关吗？她问他。

宇心头一震，右脚狠踩油门，打左转的方向灯，迅速地超越了正前方的一辆本田轿车。然后深深地吸了一口气，慢慢地说。小雅，在我刚上大学的时候，我回去寻找过你。一整个白天，我踏遍了所有我们曾经驻足的地方，但是终究没有找到你。当时我的情绪很失落，仿佛掉落进一个无底的黑洞里，一直在坠落。过程很漫长，内心很恐惧。沉坠的时间里，无论如何努力，始终等不到想要的结果。

长时间的沉默。无声的表达。他们不动声色，仿佛在静静聆听一片寂寞的海洋。柔情主义的对峙，悠远安详。彼此用心灵丈量的，是时间里遗失掉的光波。而心中幻想的大海，却已在很远的地方。

交费 35 元，从高速公路驶出。听从 GPS 的指引，直行，左拐，再直行，再左拐。久违的村口竖立起了高大的标灯，上面是中国移动的广告："我能。我能。""一机在手，天下我有。"村周的围墙上有红色油漆涂写的标语："科学发展，勤劳致富。"宇把车子停下，两人并肩步行。干净的水泥路面，笔直延伸。能看见远处山的轮廓，依然有高大的白杨，列队排成整齐的两行。学校筑起了高楼，整修了操场，穿着校服的孩子们在沿着椭圆形的跑道欢快奔跑。

凝望的瞬间，他们仿佛看见了从前的自己。画面竟清晰如昨。那时你穿白色的衬衫。那时你穿及膝的连衣裙。那时你喜欢上课睡觉。那时你喜欢骑蓝色的单车。那时我们一起看月亮。那时我们相伴走

放学的路。那时我们灿烂地微笑。那时我们忘情地亲吻。那时我们想牵手走到世界的尽头。那时我们忘记了爱与哀愁。

那些存在，是感恩，是幸福。那些岁月。那些往事。还有，那个人。

宇。你欠我一个承诺。你需要用一辈子的时间来偿还。小雅微笑着说，身子轻轻地依靠住宇的身体。宇。我很开心。一切都像梦一样。梦已经很美，而更美的是，当梦醒来，你就在我身边。

天色已黎明。桃花正艳。

## 49. 决定

舞低杨柳楼心月，
歌尽桃花扇底风。
从别后，
忆相逢，
几番魂梦与君同。
……………………晏几道

女人抽烟的样子多少还是显得羞涩。

小雅叼烟点火，吸一口气，吐出小巧烟圈。青灰色的烟圈淡淡的，很无力，没多远，就散了。宇平静地看着坐在他对面的这个女人。

她的眼睛里漂浮着支离破碎的感伤，让人怜惜，让人心疼。

宇。你不是喜欢拍照吗？你拍我吧。在西藏的时候，有一次在羊八井泡温泉，有个男人拿起相机想要偷拍我，被我发现，我用手指着他，示意禁止他拍摄，他竟然挑衅地笑，还说姑娘你很漂亮，身体神秘又性感，我冲过去，给了他一个响亮的耳光，还把他的黑色松下相机扔到了滚烫的泉水里。在他目瞪口呆的表情中，我转身骄傲地离开。

宇，我的身体，只允许你来拍。

小雅侧身摆了一个优雅的姿势，露出和孩童一般纯真的表情。宇顺从地举起相机，对着她，不停地按动机械快门。

她在狭窄的空间里挪动着身体，尽可能地呈现更多形态的造型。她用力转动身体的时候，手腕上一圈一圈的银质手镯发出叮叮当当的碰击声，这声音具有强烈的存在感，昭示出生命中潜伏着的某种莽撞而积极的力量。

宇感到这次拍摄从未有过的漫长，手中的相机显得异常沉重。构思完全失控，对他而言，是从未出现过的情况。

她当着他的面一件件地脱去衣服，外套，衬衫，帆布鞋，蓝色牛仔裤，白色棉线袜。露出黑色的蕾丝胸衣和T形底裤，衬着白皙紧致的身体，舒展地释放出性感的曲线。

宇，我没有多余的钱用来消费，纠结了很久，可我还是买下了它。Aimer 的 Sexy Circle 限量款，这是我最贵的一身衣服。买来后，一直舍不得穿，害怕穿旧了而折损它的美感。因为，我只想在某个珍重的日子，穿给你看。

宇把相机放下，专注地看着她，心里酸涩难忍。他看见她的泪水顺着脸颊不断地坠落，却依旧带着无伤的矜持笑容。她不说话，却仿佛已经吐露出了千言万语。他说，原谅我，小雅。她摇摇头，宇，我从来就没有恨过你。也许我们应该感谢那场分别，因为，它让我更深地懂得了爱情。

秋冬交替的季节，接近零度的房间。小雅裸露的身体瑟瑟发抖。宇走过去，双臂张开，犹疑了一下，紧紧地抱住了她。她把头埋进他的胸口，长长的头发像瀑布一样倾泻下来，遮住了她的眼睛、她的脸。宇，这样的感觉真好，仿佛又回到了从前。单纯岁月，不被打扰。

美好的少年记忆，从容恬静。我爱你。我要我们在一起。我再也不想一个人生活在无尽的黑暗和想念之中，我再也不想让痛苦的失眠占据寂静的夜晚。

小雅用缓慢而温柔的声音，一句一句地述说。语气平淡，却有从容坚定的气息。

宇脱掉衣服，与小雅一起挤在招待所的单人床上，单薄的床板支撑着两个人的重量，发出咯吱咯吱的响声。他们亲吻，拥抱，一遍遍地进入彼此的身体。我愿意死在你的怀里。她伏在他的耳边，轻声告诉他。

我要让你生活得温暖，我要让你幸福如花。他说。

片刻，她枕在他的肩上，安心地入睡，发出沉默如谜的呼吸。

## 50. 无边的恐惧

而我现在只会在这里，
做一个听众，
学习东方诗歌，
以及渔夫的忍耐，
直到我的转机来临。
…………………棉棉

游没有想到自己以这样的原因再次来到大理，更没有想到自己又会因这样的原因而逃离大理。

她慌了，持续的慌乱，恐惧的慌乱，从未有过的慌乱。

大理飞往北京的飞机，波音 747，有宽敞的舱位空间。游放好行李，坐下，很快闭上眼睛，把座位上的黑色 AKG 耳机套在头上，听音乐，调频广播里播放着陈旧的粤语歌曲。按动扶手上的黑色按键，换台，有郭德纲的相声，听了一会儿，竟不觉得好笑。穿着短裙的空中小姐前来送餐，游要了红茶和面包，在面包上涂抹了一些黄油，简单地吃了几口，便放在了小餐桌上。邻座的中年男子在玩笔记本电脑，好像是某个战略游戏，鼠标抖动键盘敲击，画面上有奔跑的士兵和坦克。游随手拿起手边的杂志，封面呈现醒目的楼盘广告，搭配的图片是几幢气势恢宏的双拼别墅，旁边有震撼的广告词：“宁静。优雅。香山脚下的绝版生活。您今生无法错过的选择。您值得拥有的梦幻家园。”游掏出手帕，擦了擦额头上渗出的汗，闭上眼睛，选择睡眠。

树下一方青苔 丛中寻你芳踪

飞机在空中飞行共计三小时三十七分二十一秒。不长，游却感觉时间好久。头脑有轻微的失重感，呼吸沉重，迈不开步，无法快速移动。若兰已在机场出口等待，接过了游手中的皮箱和双肩旅行包。游默默地跟在若兰的身后，机械地走着，没有任何表达的欲望。

游在移动中听见若兰的声音，《午夜蔷薇》已经在排版和校对，很快就会出版。若兰侧脸看游，没有发现想象中游应有的激动回应。

此时的游，仿佛并不关心小说的事情。

若兰，宇不见了，我找不到他。

为什么？出了什么事情？

我也不知道。他只是告诉我，不要寻找他。

若兰开着车行进在机场高速路上，目视前方，不时因为拥堵而踩刹车。游坐在副驾座位上，侧着脸看着车窗外，没有任何表情。途中的路况似乎和她毫无关联。中间若兰几次尝试和游对话，游都没有作答。她睁着眼睛，麻木的表情却像是已经睡着。

若兰把汽车音响打开，婉转的女声搭配醇厚的男声，起伏转折中渗透着适度温情。

所有的人　身边都有最爱的人

美的丑的　他们都认为是梦中情人

假如　天使生病不保护我

赴汤蹈火　我希望你双臂抱着我

终于找到你　我很需要你

到过你心底　听过你哭泣

悲伤的日子　你形影不离　我们两手紧扣连成一体

我不用寻觅　你就在这里……

游忽然扭过头，低声问若兰，这是首什么歌?

杨千嬅和梁朝伟合唱的《我很需要你》，收录在杨千嬅的《Miriam》专辑中。

可不可以把这张CD送给我?

当然可以。若兰按动出仓键，把光滑的CD盘交给游。游拿在手中，举过头顶，仰望。银色的光盘像面明亮的镜子，映出了游忧郁的眼睛。

把车停好，两人走下车来。若兰抱住游，轻声问，游，你怎么哭了?我没事儿。游低着头说。就是很担心他。游，你爱上宇啦?游点了点头，仍然没有说话。若兰叹了口气，游，我能理解你此刻的心情。因为，我也曾经有过和你类似的情感经历。游抬起头，睁大眼睛看着若兰。

大学三年级的时候，我疯狂地爱上了一个学中文的学长，那时他读研究生三年级，能说一口流利的英文。他是学校英语协会的副会长，定期会在英语协会的口语班上为我们辅导课程，并指导我们的英语发音。他喜欢穿天蓝色的衬衫，说话的声音很有磁性，总是一副微笑的表情，转身后有挺拔的背影。我开始整夜整夜地睡不着觉，满脑子都是他的身形笑貌和标准的美式发音。我甚至想好了在某个阳光灿烂的日子，勇敢地向他表白。可是某一天辅导课的时间，当我兴高采烈地坐在阶梯教室里，热切等待他的来临时，却发现来上课的代课老师变成了另一位研究生。后来我才知道，他被学校保送出国了。我再也见不到他了。甚至都没能留下他的任何联系方式。那一段日子，我几乎快要疯掉，揪心的感觉每时每刻都在上演，痛苦万分，无比煎熬。

游，我想，此刻的你，如同当初的我，或许也很揪心吧。

游，心是自己无法控制的自己，索性由着它折腾。累了，平静了，就好了。游牢牢地记住了若兰最后说的这句话。

放心吧，若兰。我相信宇会回到我的身边。我不会乱了生活的分寸。游好像恢复了力气，大声告诉若兰。回去的路上，开车慢些，感谢你的一路陪伴。关于书的事情，可以随时打电话给我。

所有的人　身边都有最爱的人

美的丑的　他们都认为是梦中情人

假如　天使生病不保护我

赴汤蹈火　我希望你双臂抱着我

终于找到你　我很需要你

到过你心底　听过你哭泣

悲伤的日子　你形影不离　我们两手紧扣连成一体

我不用寻觅　你就在这里……

送走了若兰，游躺在柔软的床上，一遍遍地听这首《我很需要你》，心里默念宇的名字。

## 51. 午夜蔷薇

再多的甜蜜和物质的富饶也不能阻挠来势汹汹的侵略，
文字，
他们形成了方阵，
形成了洪水，
刹那之间就可以席卷我。
……………………雪小禅

游的手里拿着《午夜蔷薇》的样书，释放淡淡的墨香。有质感的纸张，小五码的宋体字。灰色腰封上印着一行小字：午夜盛放的蔷薇，以绝色的姿势，迎接暗潮到来。

在新途文化提供的众多宣传方式中，游放弃了电视、杂志和网络，仅仅选择了一档晚间的广播节目。在作品推广的问题上，她依然钟情于更趋自我的方式。

南礼士路的东南角，中央人民广播电台。游坐在直播间里，面对着庞大的音效器，心静如兰。旁边坐着一位穿着柠檬黄 POLO 衫的男主持人，干净斯文。你好，游，我是晓军。磁性嗓音，引人遐想。军和游握手，欢迎你来到《与军有约》。游微笑，将一本书递给晓军。这本书，送给你。

一段悠扬的旋律过后，晓军对着麦克风说，今天，《与军有约》要为听众朋友们介绍一位年轻的女作家，以及她的首部出版作品——《午夜蔷薇》。

俩人并排坐着，晓军在问，游在答。询问和叙述，关于生活、关于写作、关于《午夜蔷薇》。从容的时间，宁静的心灵。偶尔有停顿和间歇，会播放旋律舒缓的中英文民谣歌曲。

在过去的一个多小时里，我们分享了《午夜蔷薇》的作者——游的心语独白，相信你也和我一样，对这个女人和这部作品充满了好奇和期待，那么，就请和我一起，记住这个名字，走近游，走近她的作品——《午夜蔷薇》。

好啦，听众朋友们，虽然不舍，也仍然要说再见。下周的同一个时间，记得晓军在这里等你。Goo bye, everyone.

晚安。好梦。

摘下沉重的 AKG 耳麦，晓军对游说，《午夜蔷薇》的信息，已经通过电波传递给了很多人。祝福你，游，希望你的作品大卖，获得大众的认可。

谢谢你！晓军。游微笑。

我会好好地阅读它。晓军扬起手中的书。游，你像谜一样，有莫名的吸引力。期待与你再见。

从电台出来，游独身行走在空荡荡的地铁站，忽然想起和宇一起拥抱着在安定门等末班地铁的场景，感觉到时光穿梭的寂寥，热的肌肤和冷淡的内心，令人煎熬，忐忑中有希望，盲目地持续。

清晨的阳光透过窗纱，地板上有微微的光。游睁开眼睛，又是一个清澈的早晨。还没来得及从床上坐起来，若兰的电话就打了过来，激动到语无伦次的声音。游，真的无法想象，《午夜蔷薇》在市场上获得了巨大的反响。从各大书城和图书批发商反馈回来的情况看，首批印量的 15 万册在短短的一周里销售一空。目前，公司正准备加印 30 万册。Great！ Wonderful！ Perfect！游，我简直不知道该用什么词语来形容了，这简直就是出版界的奇迹。

接下来的几周里，游在若兰的陪伴下，辗转几个大型书城，进行签售。游穿玫红色衬衫，黑色裤子，胸口处别了一个银色的蔷薇形胸针。她在每本《午夜蔷薇》打开的扉页上认真地书写自己的名字——游，还有日期。遇有读者要求多写句祝福的话语，游也顺从地满足。在签售仪式过程中，她始终保持矜持有度的微笑，和读者礼貌地握手，甚至合影。

在享受欢呼的背后，游的心里潜伏冷静的声音。很多时候，选择了写字，不是因为寂寞，也并非成名的诱惑，只是为了更加真实地记录内心的声音而已，仅此而已。

若兰在远处静静地站着，只有她明白，此刻游心里的纠结。感受着游内心的坚强和柔软，她发觉自己更加地钟爱与欣赏这个女人。

## 52. 秘流

若你肯，若我能，
若两个都有过去的人。
都在忍，都在等，
世故里的一点真。
你上升，我下沉，
何止此刻销魂。
你不问，我也认，
想和谁度余生。
…………………文雅

还是会有在白天恍惚的时刻，瞬间，游的脑海里出现一片混乱的场景，幻觉宇的出现，在涌动的人潮中，他的白衬衫像云朵一样飘浮。瘦而坚挺的身影，帆布鞋踩出的轻微脚步声。可是还没有看清晰，就在不知名的地点，像谜一样地消失，再也不见。

用滚烫的水冲一杯速溶的麦斯威尔咖啡，加入一点点黄糖与鲜奶。搅拌，中和。游靠在窗前，右侧的肩倚住透明的玻璃，这是她习惯的姿势和位置。当思恋的情绪不可自拔时，游学会选择冷静。把咖啡送进口中，甘苦纠结的味道，宛如生活的困顿，还有希望，所以依然要继续，依然要前行。

发出去的短信，仍旧没有回声。游把所有的情绪都放置在文字里。凌晨三点，在自己的博客里写下这样的文字。

宇。我不知道发生了什么，也不知道你去了哪里。我只是知道，我很想你。

接近凌晨的北京，万物静寂，此刻，唯有心在动，想你的心在动。

写了首诗，你喜欢的中国风，给你。

我始终相信，美好的东西，一定会有人珍惜，而承诺，自有它的分量。

秋意虽浓，我仍等你回来。

**秋意浓**

小院空径 徒留南窗 等西风
一皱飞雪 白了满屋青霜
二十四桥仍在 柔水微澜 泛秋殇
庄生晓梦蝴蝶飞 一夜琴弦诉衷肠
老了青春 浓了沧桑 远去了故乡

兰舟画舫 月下舞霓裳
千江有浪 化为掩泪的伤
若已瘦比黄花 何愁那一瞬温差
纵此刻销魂 也有刹那不朽的断章

花非花 雾非雾 依稀江湖相忘
陪君醉笑三千场 惊觉子夜薄凉
叹萧萧雨巷 如梦夕阳
君却在远方

写完，游点击鼠标，刷新页面，发现一行回复。游，我是晓军。看到你的文字和诗歌，了解到你内心深处掩藏的痛点。想要告诉你，请记得，你们若真爱，只会用一种最简单的方式呈现情感，就是用生命彼此陪伴对方。

加了晓军的微信号码，屏幕上跳跃出一个灰色岩石图案的头像，名字是“走路有风”。

游问，晓军，你怎么还没休息?

夜深人静，适合阅读你的作品——《午夜蔷薇》。

哦。有什么阅读后的感悟?

相较你的飘逸文字而言，我似乎对你的生活更加好奇。白昼浮躁，夜晚冷静，所以选择在夜向昼过渡时来看你的博客，竟有缘读到你的新诗作，瞬间感觉出浓浓的秋意和深远的苍凉。

好久不写诗，让你见笑了。这段时间心情不好，就用文字来释放情绪。

因为爱人消失不见，所以心底暗生忧伤?

嗯。是这样。前阵子我去云南处理朋友的丧事，去时一切安好，回京后他却已不见。我想尽办法，却始终无法联系上他。

他消失前没有什么征兆? 或者你们之间有什么不愉快?

没有。我们彼此珍惜爱慕，并且坚信爱情。

你确定?

我确定。

为什么不选择报警?

他很安全，并且清楚地告诉我不要找他。如果我执意报警处理，我害怕伤害到他的情绪。

也许他遇见了一些事情，并且希望能够独自处理。我相信，他会回到你的身边。游，我祝福你们，愿天下有情人终成眷属，愿你的一切等候都值得。

谢谢你晓军！我会继续寻找，直到我找到他。

我想，也许我可以帮助你，用光波传递思念的声音，让更多的人帮助你寻找他的足迹。

不，晓军，请不要这样，我不习惯让更多的人参与到我独立隐私的感情世界中来。

好吧。游。我能理解。那么换一种思路，你或许可以用一个全新的ID 注册微博，把想念和情绪持续记录下来，有缘，他自然会读到，会懂，会回来。

It is a good idea. 谢谢你，晓军！游没有丝毫犹豫，就决定让这个建议成为现实。

不用客气，游，希望我们可以成为朋友。

我们已经是朋友了。晓军。

## 53. 取暖

黑夜中分享眼睛，
告别时分享遗忘，
天涯分享边界，
花朵分享各自的芬芳。
……………………落落

在城市边缘租下一个二层的复式房间，又在楼下的超市里买了些简单的生活用品，宇和小雅就这样住了下来。

房间的布局很古老，客厅狭小，卧室却很宽敞，方正的房型，很有规矩。家具都很老派，实木材质的榫卯结构，矗立在大理石地面上，释放出时间刻画的痕迹。简朴，却有时光打磨的光泽。

小雅用一块暗红色的抹布，把家具都擦得异常洁净，有阳光照进来，发出暖暖的光芒。宇会懒洋洋地靠在一把摇椅上，晃动身体，眯缝着眼睛偷望小雅。劳动起来的小雅，似乎有使不完的劲儿，心无旁骛的样子，一如年少时的专注和独立。

宇起身泡一壶陈年的普洱茶，倒在两个透明的杯子里，浓郁的砖红色弥漫开来，美和情感都在其中。宇呼唤小雅，面对面坐在四方茶几一起饮茶。两人四目，茶香溢出，连同彼此的渴望，都融化在对视的轻柔眼光里。

影像。他们最常谈论的话题，却无法用语言和文字表达清楚。好的摄影师、好的模特，在共同完成的作品里寻找着生活的质感与生命的存在感。

小雅用手指点击鼠标，翻动电脑画面，一遍遍地徜徉在宇的摄影作品中，她看见照片里的自己，无论姿势如何，都有倔强的神态；无论穿着什么，都渗透出不安的灵魂。渐渐，心里产生大量涌动的情绪，越来越浓重，无法驱除。

小雅关掉电脑的显示器，环视周围，突然转身对小宇说，我们开一个摄影工作室吧，一楼的空间应该足够，客厅做展示，卧室做影棚，居住的地方可以改在二楼。宇，这是你的梦想，也是你应该做的事情。

宇看着小雅，点了点头，心里有温暖在流动。

请了装修的师傅，把墙刷成一体的洁白。宇去数码商城买来幕布和影灯，以及摄影必需的道具。几番收拾，影棚顺利搭建完成。关于工作室的名字，宇提议叫白夜，小雅主张叫梦蓝，斟酌了许久，最后定名“白夜梦蓝”。白夜梦蓝。白如夜，梦之蓝。双双圆满，相对而欢。

工作室的墙上挂满了宇为小雅拍摄的照片，无须任何修饰，清淡的素颜，却有有生俱来的明星气质，在射灯的暧昧光线下，闪耀出一股迷人的气场。从这条街走过的人，都会因为“白夜梦蓝”的名字而驻足进入，又会因为小雅的照片而停留鉴赏。

开始有人让宇拍摄，棚内或者户外，宇认真对待，专业表现赢得客户的认可。工作室的生意虽未达到门庭若市，顾客竟也络绎不绝。

每当宇拍摄时，小雅会安静地站在一旁，观察着这个喜欢穿白衬衫的男子。他有谦逊的性情，也有俊逸的轮廓，更难得拥有一颗柔软和善良的心灵。

在拍摄的间歇，小雅会为宇倒一杯纯净水，催促他喝掉，然后用一块淡蓝色的手帕，擦掉宇额头上渗出的汗珠。喝完水后，宇放下杯子冲着小雅微笑，虔诚的表情竟如同少年。

那些拥有共同经历的少年记忆，仿佛在现实中重现，放射出笃定的光泽。

## 54. 出戏入戏

每一刻过程，
本身其实就已是结果。
所谓的结果也只是历史的一段过程。
……………………罗晓韵

有些记忆，会在幽暗或者细微中记起。但，仅仅是记起而已。荒废了的记忆，像被野火燎过的草原，徒留一片荒芜，已经无法承载关于情感的种种具体意义。

游偶尔也会忆起恩和。他修长的身体，他修长的手指，他调制的鸡尾酒，他绅士般地在街道中穿行。当然，更无法忘记，那个被遗弃在夜风中的自己，拖着黑色的皮箱，在霓虹灯下偷偷地哭泣。

夜冷，心比夜更冷。

多少故事，多少回忆，被现实粉碎，随着四散的落花，和春天一起埋葬。

只是淡忘，没有仇恨。

某个像平时一样的早晨，伴随着黄韵玲慵懒的歌声早起，游吃完早晨，低脂牛奶和黄油面包，洗干净玻璃杯子，收拾了垃圾袋，拿到楼下去扔。

在楼梯的拐弯处，出现一个狭长的影子。斯文的男子仰起头，发出

温柔的声音。嗨，游，你好吗？游循着声音看过去，恩和，她轻轻地喊出了他的名字。

恩和好像更瘦了一些，半侧的身体恰好被从窗缝里透进来的阳光照着，越发显得修长。

游。我已经戒掉了酒精。

嗯。这样会对身体好一些。不过，恩和，这和我好像没有任何关系。

游。我想请你喝一杯咖啡。

不好意思，恩和，我没有时间。

游。你离开以后，我终于发现自己内心对你的依恋。我知道自己对于你的伤害，力图克制思念，选择忏悔，可是在忍耐良久后，才知道一切都是徒劳。我根本无法忘记你，连呼吸里都充满你的影子。

游。我辞去了酒吧的工作，无论白天还是黑夜，开始一遍一遍地寻找你，在每一个我们曾经驻留的地方，遗憾的是都没有找到。后来，在书店发现了你的作品，顺藤摸瓜找到了你的微博和博客。游，你的文章写得好美，好忧伤，让我沉溺并且心碎。终于，我鼓起勇气来找你，希望你能够给我一个纠正的机会。

游，我们重新开始吧。我会好好爱你。

恩和，忘记我吧，我已经不再爱你，因为我爱上了别人。

我知道，可是游，他已经离开你了。你的文字铺满了失落和忧伤，这本身就是一件让人绝望的事情。

不，恩和，你错了。我一点儿也不绝望，相反，我的内心充满了希望。我会找到他，并且，我会永远爱他。

游将手中的垃圾袋扔进了绿色的垃圾桶，转身从恩和的身边走过，没有发出声音。留给恩和的，只是坚持笃定的背影，和匆匆而过的脚步声。

## 55. 咫尺天涯

生活让我们都无法走更远的路，
连抒情的声音也越来越微弱。
我想起在一场爱情里，
我也这样流泪过。
……………………余秀华

人们在欲望中满足自己的自私，却也渐渐在欲望中迷失自己。

此时恩和的出现对游来说无疑像一枚深水炸弹一般剧烈，她不能否认自己曾经爱过这个人，爱过他修长的身影和修长的手指，并且这个人在自己情感炽烈燃烧的时候泼下一盆冷水，他们所有缠绵过的夜晚像一口烈酒般环绕在游的心间。

可是游早已不再是那个为爱和家人赌气的少女，她已经长大，在离开恩和的时间里，游学会用文字来愈合恩和留下的伤痕。

在游已经渐渐习惯独自一人的时候，宇像是脚踏祥云的救世主，微笑着走进她的世界，用一种几乎完美的方式拯救了她的孤寂。

她的文字与他的照片就像是天生一对，不可或缺，只有他快门下的色彩才能与她笔尖的文字摩擦出激烈而美妙的花火。

在回想与恩和那些过去的时候，游一遍又一遍地想起了那些关于宇的一切。如今他究竟在哪里，是否还记得自己的呼吸频率?

游打开博客看之前为宇写下的诗，来访者她反反复复地翻阅了数十遍，依旧没有找到宇的任何踪迹。游关上电脑，起身走向酒柜，拿出朗姆酒调了一杯 MOJITO，刚喝下第一口的时候，游的思绪又回到从前和恩和在一起的日子。

恩和在酒吧调酒，常常调一些奇奇怪怪的鸡尾酒，那时恩和以此为乐。游经常是他调制的鸡尾酒作品的第一个品尝者，可是喝了那么多奇奇怪怪味道的鸡尾酒，游还是最喜欢 MOJITO，里面薄荷叶的芬芳可以让她享受短暂的平静，在平静之后，又会产生一种翻涌激烈的情绪。

正当游想到这些的时候，敲门声响起，游将酒杯放下，缓缓走到门前，轻轻打开门，恩和一副醉醺醺的样子站在游的门口，消瘦的脸上带着一抹惨淡的微笑。

恩和喝醉后的眼神看起来无比脆弱，透着让人心疼的神情。

游看着这个当年自己爱到歇斯底里的人，竟变成了那时候的自己，不禁觉得事过境迁造化弄人。游打开门扶恩和进来，恩和却一把将游抱住。

对不起，游，对不起。

恩和，放开我，有话好好说。

游，离开你的日子里你时常出现在我的梦里，我无时无刻不后悔那时自己的残忍。你看，现在的我也变成了从前的你，变成了一个没

# 眺望薄雾笼罩的夕阳

有爱情就会疯掉的人。

游有些恍惚，在恩和的怀里湿润了眼眶。

恩和，年少时的我们都倔强地以为自己懂得爱情，以为能够说出来的才是爱情，所以我逼你说我爱你，可是到今天我才发现，那些说出来的诺言，最后都不及一个吻来得真实。

恩和，我们终究是错过了。错过了，就不可能再回去了，更何况，我爱上了别人。

游，我爱你，我无法说服自己不去爱你。恩和双手捧起游的脸庞吻了上去。游扭动身体，本能地抗拒，可是恩和并不松开。来去之间，游不再挣扎。游第一次在接吻时没有闭上眼睛，她看着他，也看着这个吻，如此熟悉，却也如此陌生。

不知道是不是对宇过分的贪恋，还是此刻 MOJITO 酒精浓度导致的意乱情迷，游的内心泛起一种叛逆和恨。短短的瞬间里，她恨宇的不辞而别。身体开始回应恩和，或许，这也是一种报复。

恩和在暧昧的灯光下起伏着身体，游却两眼空洞地望着天花板，渐渐失去了知觉，此时她的脑海中浮现出宇的面孔，那一张干净而无伤的脸庞。她忽然清醒，看着赤裸的恩和，流下眼泪来。

恩和在游的泪水中终于明白。原来时过境迁的爱情，早已经心有余而力不足。

你知道吗，游，以前我们没日没夜地做爱，索要彼此的身体，如今你在我的身体下想着别人，实在是莫大的讽刺。

恩和起身穿上衣服离去，游躺在床上一动不动，也没有任何语言。她想起曾经和宇缠绵的画面，痛在心里。

恩和在游的眼睛里再也看不到任何情意，这比她决绝的语言还要刺痛他的心。她的身体明明就在咫尺，可是心，却已放在了到不了的天涯。

这一刻，恩和终于知道，他们，再也回不去了。

## 56. 北极光

如果没了信仰，
你还拥有什么？
路不长久，
且听风吟。
我在困境里，
你曾使我宽广。
…………………简若晴　菲如巍

“白夜梦蓝”像是宇和小雅的孩子一般，带着他们的呵护和期许，以一种独特的气质，驻足在城市边缘，成了这个小城最有想象力的艺术空间。

这段和小雅在一起的日子里，宇刻意地控制自己，不去看博客，不去翻看关于游的一切，他害怕有些东西会跑出来，占据自己的思想。这些东西他说不上来是什么，总之，就是心存惧意。

宇想起自己在黑龙江漠河拍摄过的北极光，极寒的气候，触手成冰，广漠的大地后，从苍穹发射过来一道蓝绿色的光芒，由远及近，带着强烈的力量感，在眼前笔直地矗立，场景耀眼得如同虚幻，却又如此真实地存在着。宇举着相机，镜头里的视觉美得让人想要放声哭泣，那种感觉，宇此生都不会忘记。

内心里的小雅就像是一道北极光，在宇的生活里留下了最强悍最美的姿态，她的笑容、她的身姿、她的语言、她的表情，都在宇的脑海里成了别人无法替代的东西。

黑夜和白昼缓慢地交替，宇和小雅在拥抱后接吻，在接吻后拥抱。所谓平静的生活，刻意地不被打扰。这一段时间，宇除了拍一些按照客人需求定制的照片，就一直都在拍摄小雅。作为模特的小雅，充满灵性。拍摄的照片打印出来，挂满了工作室，剩下的塞进了几十册厚厚的影像册里。

小雅开始不满足于现状，她不想只做镜头里的模特，她有更多的企图心，想将自己视觉里感受到的美好也以影像的形式留在按动的快门中。在“白夜梦蓝”没有拍摄任务的时候，小雅会拿起沉重的单反相机，跟宇学习如何摄影，如何设置快门速度，如何调整感光度，如何用灯来打光，如何找到最佳的拍摄角度。有天赋，又懂得推敲，小雅的摄影作品也有了不俗的水准。

宇渐渐发现小雅的潜力，尤其是在用 Photoshop 后期制作相片时，表现出了很高的技术标准和色彩判断力，这是商业摄影非常重要的环节。在对于照片色彩的调整上，小雅和宇存在不同的态度，他喜欢保留原片的真实色调，她更倾向于浓艳的高对比色彩。

小雅告诉宇，光是最好的滤镜，当拍摄的原片无法达到内心预设的某种状态和想象时，用后期制作来弥补，会达到意想不到的效果。

## 57. 时间刺客

叹息或是别离，
如此大费周章的铺陈设计，
难道只是为了让故事看起来，
自以为是的美丽。
……………………方文山

时间就像一个刺客，迅速地刺杀那些躲在心里的情愫，你越想阻止它，它就越猛烈。

这段时间宇也说不上来究竟是怎么了，内心总有隐隐的不安。他不知道自己对小雅的情感态度究竟是哪里出现了微小的变化，但是他并不愿意承认，一有这种念头，他就会拼命否定。形式上的否定代表了自己的态度，他不知道究竟是为了完成少年时青涩的梦，还是留恋她给他的摄影作品中赋予的感动。

闲暇时，小雅会拿着相机出去采风，宇就留在工作室里听音乐。音乐给过他莫大的灵感，他平时创作都是在旋律里不经意地迸发出意想不到的思路，对于歌曲的喜好，宇已经有了很大的改变，现在的他更倾向于聆听一些纯音乐，或者是古典音乐，他会在抑扬顿挫的曲调中感受到许多画面的流转，以至于他拍摄的作品，往往都具有连续性，如果排起来看，像是一个电影制作。

此时，宇半靠在沙发上，看着对面柜子上的 CD 播放器不禁笑了笑，年少时他最爱钻到 Live House 里感受摇滚爆炸的现场，觉得嘶吼才是对自由的信任与尊重，可是随着年龄的增长、阅历的丰富，如今已完全改变了风格，开始喜欢穿干净的白衬衣，开始喜欢把头发打理得很利落，开始喜欢古典音乐里迷人的弦乐。

这一切，都在无意间改变着，一如情感。

你或许还是年少的样子，也或许正在对人生进行新的角度的审视，当宇正在思考的时候，小雅抱着笔记本走过来。

宇，你看，现在网上有一个人气很高的美女作家，我刚才读了读她的散文，觉得文字很有气质，而且她配的图都很好看，和你的摄影风格如此相似。

我们都是浮萍，一生漂泊无所依靠，可是有时候似乎又在努力寻找着什么，怀揣着对这个世界的不安与爱意，缓缓前行，用心感受途中所遇见的人、所遇见的事……

小雅靠在宇的肩膀上念着这段话的时候，宇的目光却落在了作者的名字上，游，这个名字像一记重拳狠狠地砸在宇的身上。瞬间，宇有些恍惚，这一刻他忽然很想念游，想念她靠在自己身上等着阳光照落的样子，想念她微笑嫣然的姿态，甚至还有她时常环绕在他眉间耳际的芬芳气息。

小雅忽然停住，看到宇发呆的表情和眼神，似乎有着什么不可言说的秘密。她从来都是敏感而聪明的女人，内心的不安与惶恐接踵而来。

小雅将电脑合上，使劲儿把宇推倒在柔软的沙发上。

宇，你告诉我，这些文字和图片是不是和你有着关联?

宇不言，甚至连姿势都没有变动。

静止往往是为了掩饰，可是又如何隐瞒住敏感的心灵? 小雅像发了疯一样，狠狠地亲吻着宇，身体绷得很紧，向他索求着。宇起身将小雅压在身下，热烈地给予她最猛烈的撞击。他想用汗水，用力量，把游埋在心底，尽管，也许这是徒劳。

## 58. 心底回声

你手指抚摸过的地方，
正被凿成时间的河床。
……………………潘云贵

恩和彻底消失了，反正从此再也没有出现在游的生活里。

一个人的日子，游的生活就剩下三件事：听音乐，看电影，码字。看完《惊情四百年》，游的情绪很低落，电影里伯爵为了维护上帝浴血奋战，上帝却让他挚爱的王妃投河，伯爵因爱背叛上帝，背叛信仰，沦为一个魔鬼，百年孤独，却也无法磨损分毫的爱情。

爱的坚贞让人不由得为之动容，却为何在自己身上，总会在一瞬间崩塌。究竟是自己的命运多舛，还是那些跨越世纪与时间长河抗争的爱情故事只存在于虚拟的电影剧情中?

在游还沉浸在伤春悲秋的情绪时，若兰打电话告诉游，《午夜蔷薇》获得中国作家协会年度出版大奖，近期会举办盛大的颁奖典礼，嘱咐她要用心准备，仪式的过程中包含她的一个获奖感言。

挂掉若兰的电话，游的心忽然悬了起来，《午夜蔷薇》中很多灵感来自宇的摄影，这本来就是两人共同完成的作品。宇也是获奖者，至少演讲词应该和他有关，如果，如果可以，愿他会看到吧。

面孔早已布满四百年的风霜

日与夜不停交替的时光早已变成尘埃

我曾为你举起鲜血的酒杯

是爱意的溪流

我替你听见那风声、雨声、雷声

却不知道你那娇容一如往昔

我们的爱情刻在了特兰瓦尼西亚城

至今已四百年……

游停下手中敲击键盘的动作，外面忽然下起了阵雨，一声声雷雨似乎也在配合着她描写的这段甜蜜又苦涩的爱恋。

她一夜未眠，明天颁奖典礼，是她成名立万的良机，但此刻的她似乎并不在乎，她更关心是否能够通过那个众人瞩目的平台，传递自己爱的思念。

她曾在拒绝恩和的时候，感叹自己已经成长为一个拿得起放得下的女子，也曾在回应晓军的帮助时，用矜持压制住了渴盼传递欲望的心。可如今，她又变成了那个青春期的自己，患得患失，不愿失去，哪怕有一丝丝希望，都想要去争取。

她想念他。她的宇。

第二天，游将自己在新光天地买的 D&G 裙子穿上，画了亮妆，粉红色的唇膏，高调的眼影，精心打扮了一下，不想让大家看到一个颓废的自己。

上台之前，若兰走过来，拥抱游，鼓励她。游，上去吧，你所拥有的，都是天赋的，你的努力与付出，都是值得的。若兰，这个娴静的女子，一直给游最有力而自由的支撑。游从心里对她充满感激。

游走上台，看了看台下前排坐着的媒体人员和嘉宾，还有后排的大量观众，她已经很久没有这么仔细地去看这么多的人了。停顿了几秒钟，游露出一个甜美的微笑：谢谢主办方中国作协，也谢谢支持我的朋友们。游采用了保守方式的开场白。这时屏幕上显示出《午夜蔷薇》的封面，封面是一张游的照片，黑色剪影，是宇曾给她拍的。照片的旁边有一行小字："我喜欢你，渺小到足以顶天立地，却又强大到一句话就能轻易将我击垮。"

游在看到这张放大数倍的照片时忽然情绪失控，瞬间崩溃。

宇，你是否能听见？我想你，我很想你。你知道没有你的这些日夜我是如何挺过来的吗？我想去找你，却不知道去哪里寻找你，可是我又怕如果找到了你，我就会彻底失去你。

宇，你听到了吗？但是我还是决定继续寻找你。如果能够找到你，我愿失去所有，包括这个盼望已久的文学大奖。

《午夜蔷薇》如果缺少你，就无法完整。

全场静寂。

文字埋伏情感，理智映照现实。当一切都可以抛开，原始的轻欢与寂寞，成为创作者最投入的角度和方式。

## 59. 秋意渐浓

就算世界荒芜，
总有一个人，
他会是你的信徒。
……………………独木舟

“啪”的一声，小雅拿在手里的灯罩掉落在地上，砸出清脆的声音，碎了。宇回头，看见小雅怔怔的表情。其实她早已意识到宇和游之间存在着某种非正常的关系，只是没想到，会出现这样的场景，也没有想到，真相呈现的一天会来得如此之快。

电视里游还在说着什么，嘴型在动，但小雅已经听不见任何声音了。她就站在原地直勾勾地看着宇，一言不发。

或许有些东西，是永远无法替代的；又或许有些东西，是早就已经改变了的。

此刻，宇已泪流满面，他无法抑制住自己内心对小雅的愧疚，但与此同时，瞬间爆发的思念又如排山倒海般袭来，无法抗拒。

小雅蹲下，想将地上的灯罩碎片捡起，可她却怎么也站起不来，放肆而出的泪水冲击着她的泪腺，所有的现实犹如千军万马般踩踏过来，击碎了内心脆弱的防线。

沉默片刻，宇走上前去，将小雅抱在怀里。小雅希望宇能说些什么，告诉她那不过是一段往事，告诉她他不会离开自己。可是宇的沉默，让小雅绝望，无须言语，她已经确切地知道了事实的真相。

她在他的怀中颤抖，身体发出没有节奏的抽搐。他在抱着她的这一刻似乎能听见东西破碎的声音，但一切又刚刚好被窗外的雨声掩盖，不留一点儿痕迹。

爱很短暂，也很漫长，我们最终记得的，也许只是彼此拥抱时的体温。宇，此刻如果你真的死了就好了，这样我就永远不用担心你在下一秒会离开我。

这个在宇眼中能够吞噬所有阴霾的独立女子，此刻早已泣不成声。

生活总是这样，当你一旦觉得对不起一个人的时候，也许就是该说再见的时候。忘掉内心幽暗，忘掉时间曲折，可是终究还是无法忘记游。

在这一刻，宇觉得自己对不起小雅。

这是最后一个夜晚，属于“白夜梦蓝”。白如夜，梦之蓝，温存了岁月，惊艳了时光，秋水苍颜，还似锦年。

这天晚上，宇失眠了，无法安睡的他，起身坐在电脑前，将游的微博打开翻看，翻着翻着，读到了那首游写给他的诗。

**秋意浓**

小院空径 徒留南窗 等西风

一皱飞雪 白了满屋青霜
二十四桥仍在 柔水微澜 泛秋殇
庄生晓梦蝴蝶飞 一夜琴弦诉衷肠
老了青春 浓了沧桑 远去了故乡

兰舟画舫 月下舞霓裳
千江有浪 化为掩泪的伤
若已瘦比黄花 何愁那一瞬温差
纵此刻销魂 也有刹那不朽的断章

花非花 雾非雾 依稀江湖相忘
陪君醉笑三千场 惊觉子夜薄凉
叹萧萧雨巷 如梦夕阳
君却在远方

君却在远方，君却在远方。宇喃喃自语，随手点起了一根香烟，用食指和中指夹住，任凭它自燃直至成灰，却始终没有吸一口。

回忆像一场海啸，在烟雾缭绕的夜晚奔涌而来。

## 60. 盛夏尘埃

如果你认识从前的我，
那么你就会原谅现在的我。
……………………张爱玲

在游的小说《午夜蔷薇》获得出版大奖后，她努力让自己的生命表现得更趋饱满，她甚至有些后悔自己在镜头前失控。成熟的创作者应该时刻保持冷静和自持，这样才能始终保持对文字的敬畏和感知。

若兰又帮游约了晓军的电台节目，打电话一直催促游晚上的节目访谈别迟到，很多她的读者都想听她讲述文字背后的故事。

此时，做完直播准备的晓军从狭小的演播厅走到空旷的室外，他学着游的样子，把身体以倾斜的角度靠在墙上，点燃一根烟，脑海中萦绕着游说话的样子。她的文字、她的气质，释放出深深的吸引，像是丛林中燃起的焰火，引诱自己一点点走入丛林深处。

这不是幻觉，它如此真实。

但是晓军知道，在游的心里，始终牵挂着宇。爱是本能，是天然的信仰，无法抵达的，亦无法去超越。自己终究是理性的男子，经过试探，对于结果，洞察分明。

某些感觉，某些感情，藏在心里，或者远望，同样亦是最好的态度。

游，你知道，那些读过《午夜蔷薇》的读者，在你的文字里，深深地感触到寂寞入骨的情绪，有过重生，有过绝望。今天，你可以敞开心扉，将文字背后的真实故事说给大家听。晓军磁性的嗓音响起，节目开始。

游认真地听晓军说完，回以一个微笑，然后缓缓开声。人的一生，都会遇见不同的人，经历不同的感情，但是这里面，大多数最后都不会成为所谓的爱情。

十二岁的那年初春，我认识了一个男孩，在开满梨花的小镇里，他出现在我的世界中。他是同龄人中第一个对我微笑的人，至今我还依旧记得他的微笑，如暖阳一般洒满我的心房，推开所有的阴霾。那时候他的光芒万丈让我仰慕，我以为那就是爱情。直到初中毕业后，他去了别的城市，我的生活也在继续，并没有因为他的离开出现惊天动地的变化。当然，可能我也会在某个深夜里，用只言片语的文字怀念那些青春期有过的感觉，可是，随着一场梦的侵袭，他的影子就会模糊得很彻底，直至消失不见。

后来，我遇到了一个让我爱得太用力的人。他是一名酒吧调酒师，他调制的鸡尾酒 MOJITO 有着独特的味道，让我沉溺。他有着修长的身体和修长的手指，笑起来时倾斜的嘴角，坏坏的样子，都让我迷恋。我当时以为，他就是春天。

我们正值年少，对爱、对情欲蠢蠢欲动，迅速摧毁了传统的价值观，恨不得将彼此揉碎在身体里。我们从不说我爱你，却用身体的互动在触摸彼此。我曾经以为自己可以一直这么冷酷地生活下去，可我错了，结果我也输了。

在这场爱情中，我渐渐变得卑微，低到了尘埃里，就像张爱玲遇到胡兰成，旖旎春光流入了别人的梦境，往事零落成泥，颓废到无言以对。终于，这段感情伴随着我的卑微一起消散在风中，不留痕迹。

后来，我就开始用文字发泄着自己对这个世界的不满，躲到无人认识我的地方，向死而生一般，玩命儿地码字。有一段时间我住在大理的洱海旁边，埋头写字，在那里我认识了一个写诗的男子，他沉默寡言，天性淳朴，于我，没有吸引，但很亲切。我想他是懂我也懂情感的人，如果他没有死去，我们一定可以成为无话不说的朋友。我相信感情是安排好的旅程，不会随意地予取予求。他懂得我字里行间蕴藏的情感指向，却从来不做任何评价，更多的是陪伴，不束缚，也从未提过占有，可是他的离开让我措手不及，甚至，我都还没有给他一个表达情感的机会。

说到此处，游的眼睛有些湿润，晓军将手覆在游的手上，轻轻地拍了几下，让游心里踏实了许多。

游继续诉说。后来我又遇见了一个干净的男子，他是位摄影师，喜欢穿飘逸的白衬衫，拍摄的照片和我的文字相得益彰。他的气质很高洁，但为人很友善，微笑起来让人心动。我们彼此吸引，终于相爱。我确信我找到了爱情，但是，在某个不经意的时间，他失踪了，我无法找到他。孤独的恐惧再度袭来，我不怕孤独，但我惧怕失去他的孤独。有过伤心，有过狂躁，经过时间的洗礼，自己的心态平和了，但也更趋坚定，我会继续寻找，直到寻找到他。因为，我相信他，并且相信爱情。

虽然晓军不知道游对恩和、对阿兵、对宇究竟有着怎样的羁绊和情

结，但是当她说起宇的时候，那种真实的想念与渴盼深深地刺痛了晓军。他对眼前这个女子不单单只是爱慕，在此刻，忽然又多了几分心疼。

人都是要走的，没有谁先谁后，谁施谁受。人每时每刻都在感受一些事物的升起和陨落，回忆是一种升起，升起就是一种创造。出于一颗珍重的心，唯愿美好圆满呈现，让我们一起祝福游能够找到幸福，写出更多更好的文字。这一期《与军有约》就要结束了，听众朋友们，晚安。

访谈结束后，晓军起身拥抱了一下游，游也抱住了晓军，这个拥抱里没有掺杂任何复杂的感情，有的只是一份温暖。

游此时并不知道，有两个伤心的人，一个正在桌前奋笔疾书，另一个则在月色下安静地抽烟。

## 61. 给你的一封信

就在启程的时刻，
让我为你唱首歌，
不知以后你能否见到我？
等到相遇的时刻，
我们再唱这首歌，
就像我们从未曾离别过。
……………………卢庚戌

宇已经很久都没有仔细地审视过盛夏的夜晚，那伴随着嘈杂车辆的蝉鸣声，还有空气里浮动着的欲望气息，都让这个闷热无比的夏天格外性感。

桌子上放着一封信，宇将它拆开，是密密麻麻的文字。标准篆体，小雅的笔迹。

宇，说声爱你，有些远了。

此时，我站在隔岸的冬天，守望着一段灵魂的距离，用沉默的方式，定义我们之间。

曾经盛放的那些花儿，开始凋零。此刻无论鸟声，还是河流，都有了沉寂的理由。田野，以孤独的姿态，仰视日升日落。风，极瘦，在车子经过的时刻，留下呜咽的声音。我将脸紧紧地贴在赤色的土地之上，用倒转的视角，观察，这个陌生而又熟悉的世界，包括你。

多少沉重的话题，一经追问，也就失去了所谓的意义。曾经想对你倾吐的万语千言，如今，说，或者不说，也就不再重要了。我们都是过客，在人生的长河中，浮华也好，凝练也罢，终究会慢慢沉寂。无论是娟秀的山涧，还是辽阔的草原，所有的挽留，都显得如此力不从心。

那些命中注定的情节，包括叹息和挣扎，包括隐忍和虚空，一直都在进行。而我们要寻找的真相，早已失去了存在的载体和价值。从童话般的少年时代，到虚无缥缈的情感寄托，眼睛和眼睛的距离，始终有点远。以心情打量心情，谁都不知道，明天是大雨倾盆还是碧空晴朗。

我说，你说，她说，都无法抗拒时间的记载，也已失去了论证的意义。倒回最初，某个宛若诗意的清晨，一个白衣少年沿路追赶穿着长裙的少女，在经过山峦的转弯处，两人牵手用力拥抱无声接吻。温暖的画面，让我仅凭想象，就已双眼濡湿。

于是，一些歌声，将我惊醒。我一遍遍仰望天空，凝望着云的更迭和分散。双手无力地垂下，将所有祈祷静静地散开。我知道，哭泣于我，已没有任何意义。可是，刚刚逃出冰河世纪，却又要迎接似乎更加寒冷的季节。

我该如何取暖，又该如何去面对这纷繁复杂的情感？也许，真的是这样，从开始到结束，从过去到未来，我都是一个容易被遗弃的人。长亭短亭，咫尺孤零。

一个又一个的丘陵，在眼前起伏。远远近近的，都是萧瑟。这些年，我的经过，是一场庞大的寂寞。摇摇晃晃的，始终是命运，是那些无法逃避的现实。

而今天，我终于读懂了你内心的抉择。

弯月皎洁，无心欣赏。晨钟暮鼓，都是荒芜。

于是，我换去一身闲愁，希望能看见你的幸福，就如同见证自己的幸福。

我想，如果有什么可以永恒的话，那就是消失。

我的经过和守望，倘若认真回忆，心情会薄凉得很，往事如抽丝剥茧般疼痛，在交织的情感当中，我们始终在残存的幻想里纠结。

我蹲下，藏在尘埃的深处，细微地呻吟着。层层覆盖着的，是薄凉的霜。

我的，你的，她的，其实都是命运。谁都没有错，错的是命运。与命运论赌，输的注定是自己。

见与不见，念与不念。在循环往复的命运转盘里，已经不再重要。

怀抱微薄的愿望，从泪眼迷蒙到苍凉，甚至绝望。越是寒冷，越有力量。我在这儿，向着远方，以虔诚的姿势，仰望。

闭上眼睛，耳朵清醒，我说。疼到无语，就能结花，我说。

落尽繁华，蛰伏在苍凉里，守望下个春天的抵达。而我们，也许原本就是隔岸的渔火，而温暖，只是一种想象，一层模糊的想念而已。

爱，从来都是寂寞。这一刻，我无法让语言成诗。

如果真的一定要离开 那也是为了要让你留下来

从此，我愿意缩在一棵动荡的水草上，随着缓缓经过的河流，飘摇，浅浅地活着。

虽然不舍，依然要选择离别。再见，宇，我的爱人，祝你好运，也祝你们永远幸福！

最后，用你喜欢的作家——棉棉书写的文字来结尾吧。

“在一个如此混乱的寂静之中，没有开始，没有结束，白色的雪在下，没有天空，没有空气。”

小雅

江湖覆雪，相濡以沫，也许要等来生。离开我，重构生活秩序，或许才能呈现出更好的自己。

同样的祝福送给你，小雅。宇在心里默念。

## 62. 两不相欠

最是人间留不住，
朱颜辞镜花辞树。
……………………王国维

小雅拖着一个巨大的箱子走了，没有说去哪里，宇也没有问。她带走了宇为她拍摄的所有照片，一张也没有留下。屋子的墙壁上形成大片的空白，给人时间停顿的感觉。

小雅走后，“白夜梦蓝”变得如此寂静，宇的心从未有过如此这般的平和。

他默默地收拾着工作室，把一些自己用过的东西装进厚实的纸箱子，有些伤感。从前阳台上晾着小雅的白色裙子，任风肆意摆动，现在人去楼空。宇站在阳台上，瞭望着远方，远方是一大片绿色的草丛，草丛边有一条弯曲的小道，这条路通向哪里，宇不知道。

宇就这样站了很久，日落的天际留下一道道隐忍的酒红。此时夕阳如醉，宇的心里却泛起难言的酸涩，眼前是如此迷人的景致，而相爱的人却不在身边。

年少时，他被迫离开小雅，将她一人抛给了无处安放的青春。记忆里的灰，是他内心永恒的伤口，像锈住了的锁，斑驳而牢固。

宇记得第一次去寻找小雅，列车在轨道上疾驰，沿路的风景渐渐退去。每一次的接近，都只有越来越陌生的路途，渐远的树、渐远的人，

唯有小雅的名字，像一把刀子深刻地印在列车的双层玻璃上，坚持着自己想要寻找到她的决心。

小雅在宇未发一言、未留片字就离去的日子里，辗转几个城市，试图淡漠面对，但却终于发现自己对宇的想念已经成为习惯。她曾经试着去遗忘、去放弃，可是她发现一切都是徒劳，少年时拥抱的体温，唇角接吻的痕迹，像是时光赐予的礼物，温暖而鲜活地存在着。但也许她早就应该明白，第一次的错过，其实已是永恒，就如同游与恩和，不论曾经爱得多么歇斯底里，多么执着投入，最后也颓然地变成了一阵消散的烟云。

很多时候，我们都自以为是地认为自己懂得爱情，但实际上，我们仍然没有抵达爱的核心。忘记，有时也可以理解为是一种爱。我们可以用忘记来抗衡时间，可以用忘记来抵御内心撕扯的种种记忆。

宇将工作室收拾完毕，关门离开，离开前他站在门前看着“白夜梦蓝”的广告牌，用手机拍摄了一张照片。感谢“白夜梦蓝”，让自己领略了幻觉和现实交织的美好。这里不是归宿，但也绝不会成为结束。

小雅，从今天开始，我们两不相欠。

## 63. 梦想很近，爱已成歌

心，
若没有栖息的地方，
到哪里都是流浪。
……………………三毛

假如有一日时光停止了转动，那么应该让它停在哪里好呢？在时光的齿轮上，竖着那数不清的齿牙，临近末尾，会不会把自己纠缠在岁月的轮回里，变成一片血肉模糊的未来。

那一刻，时间终于停止。

宇开了很久的车，回到曾经熟悉的城市，这一路的漫长就像是经历了一场舒适和虐心并存的旅行，路上所有的风景都显得很具故事感，很与众不同。游在文字里写过，时光始终无法超越我们的想象。要相信心灵的力量，爱可以让我们强大，可以让我们走在时光的前方。

人为什么需要旅行？因为旅途让人内心充满自由的力量。仿佛所有的遗憾都在世界的尽头褪色而去，自己的鞋上落满柔软的灰尘。他知道，自己已经找到了最接近梦想的方向，而这场旅行，成为宇洗涤心灵、寻找归途的一段过程。

拖着行李上楼，站在门前的宇迟迟不肯打开门进去。房间的门上贴满了小纸条，熟悉的笔迹，每一张上都写满了思念的文字。他伸手将门上的纸条一一揭下，认真地阅读上面的每一个字，甚至连标点符号也不放过。刚刚揭下第一张，宇的眼泪就重重地砸在了自己的手腕上。

今夜有雨，而宇，你在哪里？

再高洁的灵魂，依然有渴望爱的脆弱。

文字如歌，想你的节奏就是曲调。

惜君如梦，不慕长生。

想要恨你，却无从恨起；想要忘记你，却无法忘记；终于发现，我唯一想要的，就是寻找到你。

宇从未感觉到自己是那么残忍，游为爱全神贯注，倾尽全力，而自己却让深爱的对方，饱受如此深的离别之苦。

游，你不恨我，我却无法不恨自己。宇在心里发狠地说。

飞鸟过去了，雨水过去了，时间过去了，甚至连文字都过去了，但是，爱不会过去。

宇蹲在地上，放声痛哭，世界渐渐模糊成一片虚幻的线索。

## 64. 现实深处，刚刚好

我省略四周的亲切，
景象平庸或者安静。
……………………周庆荣

每个人都在费力寻找着一扇能够通往神秘乐园的窗户，希望能够发现抵达快感的便捷方式。在经历了天堂地狱之隔，以及悲伤欢喜之差之后，终于发现抵达的方式，不一定是往前，也可能是向后。

宇回到北京的第一件事情就是买了一张去大理的机票，他想去游曾经住过的古城客栈里住几天，看一看苍山洱海，感受一下游曾经历的悲喜。换一种思考方式，去体验身边这个熟悉又陌生的世界，为习以为常的思维找到一个不一样的出口。不论是和恩和，还是与阿兵，关于游的生活，都是自己想要去了解和体会的。有时，他的脑海里会幻化出两个飘浮的男子，他看不清他们的脸，却能真实地感觉到他们的存在。

大理，这个游眼中治愈系的古城，宇要亲自去看、去感受。

城市的另一端，游在家里收拾行李，太久把自己憋在回忆里，对生活亦步亦趋，少了滋味，是时候放松一下疲惫的心灵了。

游记得晓军前些天给自己发的微信：“游，如果他是你的，那你要做的就是去等待，终有一天，他会兜兜转转地回到你身旁；如果他不是你的，那你仍然需要等待，真正的爱情一定是要经得住时间洗礼和现实碾压的。”

这一天的午后，晴空如碧。

关于行程，游有些纠结。若兰推荐了贵州的荔波，晓军推荐了湖南的凤凰。游在网上浏览查询，发现两地各具风情，都是自己心仪神往的地方，但心里终究还是放不下大理，那个不诉离殇的古城。

游在携程网订了一张去大理的机票，停止了对于城市的纠结。

国航 737 起飞前，游在手机上看了一眼自己的微博，上面出现的访客中赫然出现了宇的名字。宇，这个名字，深刻而清晰。

游忽然想起了安妮宝贝写过的句子：我要对你说，我要走到很远的地方去。是的。总有一天，我会抵达。

关机的那一刻，正好有一束阳光从舷窗投射进来，游顺着光，温暖地笑了。

宇在四季客栈里订到了二层朝阳的房间，他知道这间房是游每次来大理固定的居所。宇打开窗户，看见院落里茂盛生长的各种绿色植物，看见院落里一个石头砌成的长方形台子，看见台上竖着一个宽大的留言板，看见留言板上橘红色的字迹："暗动的流光，定义了古城永恒的容颜。读懂了大理，如同读懂了你。"看见留言板下那只肥胖的花猫。一切，都和游的描述相吻合。此时，天际泛光，艳阳乍现。

宇躺在宽大的木床上，幻想着游躺在他的身侧，心底有欢快的回声。有一秒钟，宇甚至好像听见了游的呼吸声，均匀而轻柔。

飞机降落，游迫不及待地打车赶往四季客栈。刚走进大厅，店里的服务员就认出了游，寒暄后告诉游她常住的那间房今日已经有人住进去了。游诧异地说，今天不是节假日，怎么会订出去了呢？那我去跟房客商量一下，是否能调整到隔壁，毕竟那间房我已经有了固定的记忆。

服务员还没有来得及劝阻，游就已经快步朝楼上走去，服务员耸了耸肩，希望好心人能同意跟游更换房间。

敲门声响起，将快要进入梦境的宇拉回到现实中。他伸了伸懒腰，有些不情愿地去开门，心想着自己并没有让服务台送什么东西来。

门缓缓地打开，宇一抬头看见了游，眼前站着这个让他思念了无数个夜晚的姑娘，霎时，心如万马奔腾。

游怔在原地，用一只手捂住嘴巴，她甚至有些不敢相信自己的眼睛，仿佛置身于梦境里。

此刻，什么都不重要了，重要的只有存在。

宇顾不上游震惊的神情，一把将她拉入怀中，这个场景，他期待了好久。宇肆意地抱起游，将她扔在床上，狠狠地吻了下去。游身上的 KENZO 香水味道恰到好处，不浓不淡，配合着此刻温软绵长的吻，彼此沦陷在梦幻的现实里。

宇将这些日子的想念与爱恨痴缠都发泄在这个深情的吻中，用尽了全身的力量。游将头埋在宇的腋下，紧贴住他的皮肤，双手寻找到

他的脖颈，环绕住，一切尽在不言中。

谁也不用去解释，他们和好如初。

王尔德说过：

神是奇怪的，他们不但借助我们的恶来惩罚我们，也利用我们内心的美好、善良、慈悲、关爱，来毁灭我们。

命运将我们两个互不相干的生命丝丝缕缕变成一个血红的图案，碰上你，对我是危险的，而在那个特定的时候碰上你，对我则成了致命。

因为在你的生命所处的那个时候，所作所为不过是撒种入土罢了，而我的生命所处，却正是一切都在收成归仓的季节。

我想保有爱的神与魂，使之存活在我的肉体之中，熬过那副肉体蒙受屈辱的漫长岁月。

现实深处，一切都是刚刚好。

## 65. 爱的默契

我行过许多地方的桥，
看过许多次数的云，
喝过许多种类的酒，
却只爱过一个正当最好年龄的人。
……………………沈从文

游和宇住在云南的这段日子里，俩人常常开车去一些少数民族的部落，白族、傣族、纳西族、布朗族，在不同文化环境的熏陶下，游文思如涌，写出了不少精妙的文章。宇与世无争的性格，似乎也在大理找到了理想的栖所，安静地陪伴在游的身边，每日静看繁花盛放，卧听晓风穿廊。

宇也在闲暇时拍摄了很多照片，关于古城，关于苍山洱海，黑白色调居多，很凝重，很有历史感。游每翻看一张宇拍的照片，都会对古城产生更深的认识，又会驱动自己用文字记录更多更复杂的情绪。

他们俩人的配合，似乎变得比当初还要默契。

游将自己写下的文字配好宇拍摄的图发给若兰，想让她共同分享生活的幸福。若兰看过游寄给她的文章和照片，赞赏游的文字已经从寂寞中脱离出来，仿佛变成了鲜活的、有生命的东西，尤其在配上宇拍摄的图片后，似乎让人走进了一个水乳交融的奇妙世界，越往前走，越感觉澄清。

若兰建议，你们俩干脆在大理创作一本新书再回来，主题就是“关

于爱的旅行”。

游的文字越写越多，越写越有灵感。宇就开始整理文章、插图，设计封面和排版，这本新的图文作品更像是两个人灵魂的交织，每一个字、每一幅图，都洋溢着生活的喜悦，都渗透着彼此的爱护。

新书的名字定为《我们终于爱上了牵手旅行》，游起的，她喜欢这个温暖的名字。书以图片为主，文字为辅，第一作者是宇。

游将设计好的书稿发给若兰，新途文化用创纪录的速度出版，把图书投放到市场中，果然如若兰所料，《我们爱上了牵手旅行》大获好评，几日内就登上了畅销书排行榜的榜首。

再见，旧时光。再见，忧伤的过去。

自从宇回到身边，游像是被重新赋予了生命和灵感，在文字清醒的时刻，显得越来越自信和沉着。

## 66. 蓝得很精湛

往事历历在目，
那感觉很像在海底潜水，
缓缓前游，
过去的人与事就像海底的珊瑚、礁石，
绚丽斑斓或黯淡模糊，
一路慢慢看过去。
……………………七堇年

宇，离开大理之前，我们一起去看望一下阿兵吧！

好。

宇，你不会觉得不舒服吧？

不会。

宇……

游，你不用说了，我愿意陪你做任何事情。

阿兵的墓前，杜鹃树已经长得非常高大，草比从前更密更绿，花比从前更娇更艳。游牵着宇的手告诉宇，阿兵就长眠在这里。

宇，阿兵写诗，在《午夜蔷薇》里我曾经引用过他的作品。他是内敛而沉静的男子，有风度，并且懂得我。很可惜，他死于一场车祸，

那年他只有28岁。

逝者如斯，无法改变，你生活得美好，或许才是阿兵内心遗留最大的期望。宇温柔地看着游。我相信阿兵对你的情感，亦能理解你的心境，能够带来美好的东西，可以是付出，也可以是懂得。

游，你做的没有错，有时静默不语即是最好的解决方式。

阿兵墓地的对面，是一条很深的山谷，从山谷间向远望，是大面积的蓝天，蓝得很精湛，蓝得很梦幻。山谷中开满了白色的野花，点缀在绿树丛中，同时也装扮了山谷中寂静的村庄，偶有鸟飞起，在半空盘旋，空气里有泥土的清香。

情感的蛊惑，我们都曾有过。虚假的繁荣是假象，刻意的蒙蔽是欺骗。也许我无法爱上你，但我仍然可以懂得你。懂得的温暖，有时胜过逼仄的情感。而我们的相遇，也早已胜过庆幸和感激。

女诗人余秀华说：我们爱过又忘记。阿兵，你爱过我，现在，你忘记我了吗?

游对着空旷的山谷，心底泛起一阵阵回声。

## 67. 爱与时间的拷问

安睡于你的名字，
一如你已安睡于我心之上，
如是明天。
……………………聂鲁达

两个月后，若兰兴奋地打来电话，说游和宇联手出版的那本书，获得了中国设计周的年度设计大奖，而宇本人，也成为中国设计周的明星人物。

在若兰的催促下，宇和游相伴回到北京，一起参加中国设计周颁奖典礼，盛装的宇在众人的注视下缓步走上了华丽的颁奖台。

宇在颁奖台中央笔直地站立，用手整理了一下西服的领子和领结的位置。他的目光从台下扫过，逐一看见了久违的老黑，看见了老黑的爱人晓溪，看见了若兰，看见了晓军，还仿佛看见了小雅，甚至还依稀看见了生活中从未见过的阿兵与恩和。关切而温暖的目光，陌生人的祝福，统统都给予了自己最坚强的心灵力量。

麦克风里传出来宇的声音：在这里，我想要感谢所有支持我的人，是你们的支持，让我赢得了今天的无限荣光，但此时此刻，我想要特别感谢一个人，她是我生命中最重要的一个人，甚至可以说是无可替代的一个人，是她，赋予了我无限的创作激情和灵感来源。她是我的女朋友，她叫游，她的文字为我的照片和设计注入了灵魂。现在，她就坐在你们的中间。

我曾孤单如隧道，群鸟曾飞离我身，夜也曾以强大的侵袭攻占了我。游，是你让我勇敢，是你让我一往无前。我要谢谢你让我不再孤单，

让我能够更期待未来。此刻我有一个请求，请大家和我一起，以爱之名，给你最温暖和持久的掌声。

宇的身体前倾，目光专注地凝视着舞台下的游。全场雷鸣般的掌声配合着宇炯炯深情的目光。

此刻，我很激动，因为是我第一次拿到设计奖项，但更让我激动的是，我将当着大家的面向你发出最真挚的邀约，游，嫁给我吧。宇失去了一贯的冷静，近乎激动地大声呼喊出来。

游，不论我们曾经经历了怎样的过去，都已是遥远的曾经。而现在，乃至遥远的将来，我将执子之手，与子偕老，我想将我的余生都与你捆绑在一起，再也不分开。

游，我爱你，你是我最爱的女人，嫁给我吧。

说完，宇掏出早已准备好的 Tiffany 钻石婚戒，单膝跪地，保持着这个虔诚的姿势，等待着爱人的到来。游从观众席中站起，错愕的表情显示出内心的意外和紧张，场中一束追光打在她的身上。少顷，游缓缓地走上颁奖台，含着幸福的眼泪接过了钻戒，对宇说：宇，我愿意，我愿意。

所有人欢呼雀跃，连坐在后排的晓军也站起来为他们鼓掌。此时，晓军竟然感觉到非常开心，他喜欢的人，终于等到了爱她的人，等到了能够真正与之契合的人。

经历了爱与时间的拷问，一切，都来得弥足珍贵。

## 68. 一生所爱

此生，在最深的红尘里，
与你分离，
又在最深的红尘里，
和你重逢。
是情，是缘，
是爱的修行，
也是宿命的归依。
……………………白落梅

我们的灵魂与我们的身体之间如此遥远，而我们，却因为某种关系，而变得不可分割。

存在，是如此真实，在这个世界所有浮光掠影的最深处，每个人都小心翼翼地呼吸着，而最后获得幸福的，几乎都是那些全神贯注、大力呼吸的人。这不是说教式的道理，它的确很符合现实的逻辑。

游和宇的婚礼即将开始，主持人晓军在现场测试着昂贵的 AKG 麦克风，“喂喂”的声音回荡在宽敞的大厅。游坐在化妆间里凝视镜子里的自己，长长的睫毛、白皙的肌肤，心底挤满了温柔和甜蜜。还有一个小时就要成为宇的新娘了，游的内心有如无数跃动的小兽在咆哮，激动得根本停不下来。

另一边的宇，也在紧张地踱步，白色的西服套装一丝不苟，白色布洛克皮鞋上没有一丁点儿灰尘。他在心底感谢了一万次上帝，还好，没有让自己错过游。

《梦中的婚礼》乐曲缓缓响起，晓军走上舞台，用磁性嗓音致开场白，邀请宇出场。

传说中，王子用深情的吻吻醒了沉睡的公主，而与此同时，世界上最美的玫瑰也开满了他们生命中每一个角落。今天，是一个特殊的日子，因为我们将共同见证一段爱的传奇。也许，在很久很久以后，我们会忘记相聚的时间与地点，但我们永远不会忘记这一对新人的甜蜜誓约，以及幸福永伴的画面。

现在，有请我们今天的男主角——宇闪亮登场。

宇带着微笑手捧鲜花从容地走过来，全场的目光随着他的脚步而移动，角落处有美妙的钢琴声。宇走到舞台中央对着所有的来宾说：感谢今天到场的观礼嘉宾，现在，请大家帮我一个忙，和我一起呼喊，请我的太太——游，走出来，好吗？

全场掌声雷动，呼喊声起伏不停。游，游，游。

身着婚纱的游，从对面的旋转楼梯上缓步走下来，一步一步，走得慢而舒缓，最后停在宇的对面。

晓军对宇说：宇，看见游了吗？此刻你的爱人就安静地站在你的对面，快对她说出你此刻最想说的话。

宇大声呼喊：游，你愿意将你此生的幸福交到我手上吗？

时间仿佛静止了，所有的耳朵都在等待着地毯那一头游的回音。

我愿意。简单的三个字，却承载了内心长久蛰伏的甜蜜渴望，宇和游肆意开怀的笑容此刻定格成最美的画面。

在《赞美歌》优美的旋律下，游挽着伴娘若兰的手臂，白色高跟鞋踩在小花童为她撒下的花瓣上，款款走向象征幸福的白色百合拱门。

钟声响起，《婚礼进行曲》在所有人的欢呼声中响起，游牵住了宇的手，也牵住了她一生的牵绊，俩人踏着铺满花瓣的红毯，共同走向幸福的远方。

掌声不散，海枯石烂。

从现在到未来，我要告诉你，游，我的爱，永不改变。

## 69. 爱的结晶

走吧，我们没有失去记忆，我们去寻找生命的湖。

——北岛

“这一刻，我终于明白为什么周杰伦要将爱情比作龙卷风，我觉得特别贴切，是因为很多人，这辈子都没见过龙卷风。”这是晓军在游婚礼前一天晚上，在自己的微博中写下的文字。在与游的交往过程中，他或许一直都在扮演着一个暗恋的角色，但是他发自内心希望，自己所爱之人能够幸福长久，恩爱白头。

洁净的情感，一定不会有任何功利的目的，亦无过度的私心，仿佛只是为了心底的信仰而存在。

日子如行云流水般度过，宇和游婚后的日子一天比一天幸福，他们告别了匆忙的城市，在一座临海的城市相中了一套精装修的别墅。他们计划着让生活的节奏慢下来，在舒适的环境中孕育一个爱的生命。宇和游商量了一下，就付款将这套靠海的别墅买了下来。

在豪华的别墅里住了大概三个月，游去医院例行检查，慈眉善目的医生告诉她，你怀孕了。游一路欣喜，脸上洋溢着幸福的笑容。她有些迫不及待地想要快些回家，将这个期待已久的好消息告诉宇。

宇，你要当爸爸了。游的声音里透着激动。

梦流年　满池伤　终究不能相忘

等岁月轻薄　等春光　浮散　终究可以将你守望成最美的风景

原本，宇计划好了要在附近再租一套别墅，改造一下，重新开一个摄影工作室。当知道这个消息后，宇激动地抱着游在屋里转圈，并且当即决定把开设工作室的事情放到孩子出生以后。

亲爱的，我要当爸爸了，我要当爸爸了。此刻的宇，仿佛一个兴奋的孩童。

宇打算在这段时间停止工作，好好照顾身处孕期的游。他想要一个完整的家，有爱人，有孩子。游亦有同样的心态，有孩子才能圆满，有孩子才能构建真正的家庭。他们都深知彼此的渴盼，干净的愿望如同纯净的大地。现在，他们终于可以做好准备拥有一个属于自己的家，一个完整的家。

这种感觉就像是在海里漂泊了多年，终有一天靠了岸，从此没有风暴和浪击，心底一片祥和。

每天，宇都会早早起来为游和肚子里的宝宝做一份营养早餐，然后再陪游去散步，日复一日。

第二年春天将至，游的待产日也来了。经历了四个多小时的生产，游顺产生下一个男孩。男孩被医生抱起的瞬间，有一声响亮的啼哭，游看了一眼窗外，艳阳高照，碧空如洗，于是，给孩子取名晴天。

即使将来会遇见风浪，希望他都能像晴天一样，拥有力量，驱赶走所有的阴霾。

## 70. 往事知多少

所有的波澜壮阔都来自我们无限的想象，
这些想象伴随着低沉的呐喊，
穿过千山万水，
趋向于虚构出的一块精神圣地，
仿佛在过去与未来之间，
我们可以如此的来去自由。
……………………王洛祁

有了孩子之后的游，很少打开博客更新自己的文字，她把更多的心思放在了孩子和家庭上，比起她的书和故事，她更在意的是能给予晴天更多的爱和呵护。这样，也可以多留一些独立的时间给宇，让宇的精力可以聚焦于摄影，在事业上发挥他更大的潜能。

和游一样，自从有了孩子，宇的摄影风格也悄然发生着变化，不再是那么清冷与高傲，而是拥有更多层次的温度感。他的照片不再固执地使用冷色调，而是开始运用更丰富的色彩使照片呈现出更多的细节，镜头开始瞄准了世界各个角落里的情感发生，如街头拥吻的情侣，放风筝的父子，并肩缓行的老年夫妻，这些都是宇之前很少会拍摄的画面。

宇成名之后，兼职成了一些大品牌的专属摄影师，常常会被邀请出席时尚活动的发布会。当宇参加 KENZO 新装发布会时，看见模特身上穿的“大眼睛”图案服装，忽然诞生出灵感，随后拍摄了一系列以“童眼”为主题的照片，很快在摄影圈引起了轰动。这部作品是由一百双眼睛组成，每一双眼睛都来自世界各地的孩子，他们的眼神纯净、善良，瞳孔里的光泽像梦一样。这组照片感染大家的，其实并不是宇的技术和用光，而是宇的洞察力和那一双双童真眼睛里的真实与渴望。

宇努力创作，既为了艺术梦想，也为了赚钱生活。他和游心里想的都一样，要好好地维护这个来之不易的幸福家庭。自从有了晴天，宇第一次感觉到自己所肩负的责任，如同维系黑暗中燃烧的火种，这种责任是种甜蜜的负担，让他在任何地方都可以骄傲地向别人提起自己的爱人和孩子。

当了父亲的宇，对于父爱有了新的理解。对于年少时父亲给予他的期盼和寄托，似乎在一瞬间恍然大悟，并最终释怀。他忘记了父亲狠狠地砸掉他的卡带和 CD，忘记了父亲将他从小雅身边残忍地带走。宇开始懂得，其实父亲并没有真的希望他有一天能够大放光彩，唯一的愿望就是他能够平安、健康地成长，不被众人排斥，过正常、有尊严的生活。

因为此刻，他对晴天的期望也大抵如此。

不论晴天将来想去干什么，此刻的自己都要为之付出更大的努力，好让他能够有更好的成长环境，让他能发自内心地做自己，自由自在地成长，不被现实的环境所羁绊。

## 71. 春潮涌动的地方，似曾相识

人间烟火尚是昨日风光，
你我却已不是曾经的少年。
……………………潘云贵

当你一直为了生活而奔波，是否能有时间静心回望曾经的自己，是否能站在新的起点回首曾经的道路、风景、事物、爱过的人。

不为失去的重逢，只为忘记的纪念。

时光飞驰。七年后。

爸爸，爸爸，这个报纸上有你的信息。晴天从门口兴奋地跑过来，把一份最新的《环球时报》拿进来递给宇。

游端着早餐，坐在餐桌旁侧身跟宇一起看，原来是宇的一个摄影作品获得了世界级大奖，摄影展和颁奖典礼都定在了西班牙。

宇，真为你感到骄傲。游在宇的脸颊上亲吻了一下。晴天，你看看爸爸多厉害，你也要像爸爸一样，做一个有能力表达自我、诠释自我的人，要凭自己的本事，骄傲地站立在人生的领奖台上。

晴天虽然还不能完全理解妈妈说的话，但他似乎能从妈妈的眼神里读出一些东西。这种东西，让他感觉到父亲的伟大。

早饭过后，宇开车送晴天去上学。游在家里替宇收拾去西班牙的行李，

西服套装、白色衬衫、黑色皮鞋、透明的洗漱包，整理好之后，统统装进银色的 RIMOWA 旅行箱，请柬放在了护照夹中，暗蓝色的背景，红色醒目的字体，宇的第一个国际大奖，宇的第一次西班牙之旅。

游还在网上搜索了西班牙一些城市的旅游攻略，用手机拍了照，用微信发给宇留存。

宇拉着银晃晃的箱子，走到家门口，然后又折返回来，紧紧地抱住游，在她的脸上印了一个吻。

游，我会牢记你的微笑，如同摄影作品里永恒的风景。

庞大的波音 747，宇登上飞机，给游发了一条信息“我爱你”，游迅速回复“我也爱你”，宇安然地关掉手机。

摄影展是在一个很古老的欧式建筑里举行，几百幅摄影作品很有序地填充了室内宽阔的空间，宇在其中踱步观赏，走着走着，发现一个名字叫作 Lluvia 的艺术家的作品很有味道，作品是用 Photoshop 完成的，大面积的玫瑰花，背景是很艳丽的蓝，花的中间部位躺着一条红色的金鱼，金鱼的尾巴微微上倾，在静态的画面中又体现出动感，画面上方还有一轮金黄色的月亮，下方是平静的水面。宇在这幅作品前驻足了很久，总觉得有种似曾相识的感觉，可是又不知是在哪里见过，仔细地想了又想，忽然发觉，这个画面竟然和中学时与小雅第一次春潮萌动的地方很像。

就在这时，有人轻拍宇的肩膀，宇回头，流动的记忆，在眉间静止。

Lluvia，小雅。小雅，Lluvia。

## 72. 路维亚

在每一个时空的瞬间，
人都活在其中，
慢慢形成了一种多维的视觉。
每个人的一生，
都有机会找到属于个人的角度，
在那里，
世界会浮现一种透明的状态，
景象清晰无边，
就类似找到了个体生命的终极意义。
……………………叶锦添

Lluvia 在西班牙语中是雨的意思，可是宇并不懂西班牙语，很久以后，他才知道那时候他不懂西班牙语是一件多么幸福的事情。

雨是宇的同音。Lluvia，路维亚，小雅。宇，雨。宿命的安排，终究这一生还是没能躲掉她。

是语言无法描述的滂沱，还是生活精心导演的剧情?

宇和小雅重逢之后，小雅带宇去圣米盖尔市场吃了一顿晚餐，这片区域以原住民为主，更能体现马德里居民的真实生活。现实生活中的他们并非如西班牙电影中那般洋溢万种风情，而看起来很安静。他们吃饭的地方不是什么繁华的场所，更像是北京的大排档，路边随时能看到流浪汉，宇偶尔会扔几个硬币给他们，当又有人过来，宇还要继续再扔，小雅伸手拦住了宇。

小雅告诉宇，这边人虽然穷，但并不朴素，而是非常狡猾，他们大多都是从欧洲其他贫困国家跑过来的，极有可能趁人不备将别人的背包抢走。类似的事情，小雅在刚到西班牙的第二周就已经遭遇了，所以很有警惕性。

饭后小雅带着宇在街边散步，给他介绍马德里的风土人情。当走到一个红色的电话亭旁边时，宇停了下来，让小雅稍等，自己走过去投币，拿起话筒给游打了一个电话，告诉她自己结束了第一天的展览，叫游放心，又询问了一下晴天的情况，得到肯定的答复，于是放心地挂断了电话。

小雅和宇并肩走在 Prado 大道上，看着来往的人群以及前方的查理五世广场，小雅忽然回头认真地对宇说，宇，认识你真好。宇哈哈大笑说，小雅你还是和从前一模一样，一点儿都没变，还是那么率真与感性。

宇，其实我变了，变了很多，你根本不知道我究竟经历了什么。小雅心底的这句话并没有说出来，而只是回应了一个微笑给宇。

回忆里的炎热和寒冷，变化中的冷漠和勇敢。是不是曾经的我们，就这样慢慢地飘向了远方？你身在故事之内，又身在故事之外。

一路上宇一直跟小雅诉说着生活的变化，包括自己和游结婚，拥有了一个神恩赐的孩子，自己的摄影灵感和旅行日记。小雅在一旁默默地听着，话很少，没过多久，宇也沉默了。

原来曾经一起拥有过的记忆，已经散落在天涯，面目全非了。

散步后小雅带宇参观了自己在马德里的艺术工作室——“Lluvia 空间”，小雅告诉宇，马德里是一个比巴塞罗那更有味道的西班牙城市，这里生活着许多艺术家，他们都是天才，街头也随处可以见到公共艺术装置，这在巴塞罗那是无法找到的。

工作室的主体色调是简约的白色，用了大面积的透明玻璃，钢结构裸露出来，打磨过的灰色水泥地面。墙壁上悬挂着小雅的设计作品，林林总总，各具风格，效果让人惊艳。

小雅一幅一幅地讲解着自己的作品，语言里透着艺术家应有的自信。她无须谦虚，事实上她已经成为这个浪漫国度里最知名的外籍艺术家之一。西班牙顶级企业为她投资修建了一个艺术馆，里面收藏了她大部分的设计作品。

小雅告诉宇，在他们分开后，凭借着强大的天赋和 Photoshop 技术，她开始专注地学习电脑设计，后来辗转几个国家，以设计为生，最后到了西班牙，到了马德里，便爱上了这里。

她一边学习西班牙语，一边找工作，后来被一个设计公司挑中，成为一名职业设计师。在工作中她表现出了超凡的创意水平和设计理念，一路晋升做到了创意总监，一年后拿到了巨额赞助，离开了公司，创立了属于自己的工作室。

## 73. 一切随风

过去，
如果我记得不错，
我的生活曾经是一场盛大饮宴，
筵席上所有的心都自行敞开，
醇酒涌流无尽。
……………………阿蒂尔·兰波

人们往往把第一次相遇的情景夸张到九天之外，可是有一天仔细回想起来，竟觉得还不如一杯冰镇苏打水来得真实和痛快。

宇对小雅的作品心生感叹，那个敢爱敢恨的小雅，运用的艺术语言竟然如此丰富。作品像她本人一样，拥有极为强悍的生命力。

其实分开后的这些年，小雅一直都活在宇的心里，从未离去。只是现在，他对小雅的感觉，少了爱恨交集，更多的是敬佩和亲切。

第二天的展览演讲结束后，小雅驱车带宇来到马德里郊外的一片花田，这里有一家地中海风格的餐厅 ZEN，露天的二楼地面铺满了白色鹅卵石，栽了大片的绿植和花卉，彰显出很独特的田园风格，非常私密与高档。一大片向日葵中放置着一张雪白的餐桌，餐桌上有透明的杯子、不锈钢的刀叉、制作精美的菜单。

ZEN 餐厅需要提前预订，当小雅在邀请函上看到宇的名字后，就快速下单预订了这个餐厅。

时间似乎成了站在山巅的老人，将他们都带回了未曾努力割舍的时间轴里。小雅和宇在浪漫的环境中，就着红酒，彼此诉说着这些年对艺术的见解以及在现代城市生活中的心灵感受。

他们聊阿贝列斯与亚历山大大帝的宠妾之间隐晦的爱情，也聊巴洛克时期一些作家为了完成自己的作品将女人刻画得丑陋，直到后来，浪漫主义艺术家出现才将丑从艺术中剥离出来。

两人激动地碰杯，为了艺术，不谈爱情。产自葡萄牙的红酒，口感甘醇。

日光一点点由明黄变为酒红，宇依然沉浸在和小雅的聊天中，小雅仿佛打开了艺术的知识宝库，将心中所想全部娓娓道来。宇也很兴奋，一会儿聆听一会儿诉说，他已经很久没有过这种畅快淋漓的感觉了。

话题渐渐回到了现代，威尼斯年展和北京 798，马德里的异国生活和小城的少年时光，终于回到了他们自己的身上。小雅笑着说，宁，我不恨你最终没有选择我，我真的不恨你，是我们彼此放手，才让我和你，都拥有了更为广袤的未来，我要谢谢你，更要谢谢那位你爱的人，因为现在的我们，都是最好的。

来，干杯，为我们彼此的骄傲。

宇干下一杯红酒，对小雅说，即使很多时候你能克制自己不去回首，但是我敢打赌，明天的你一定还是会想念昨天。

来，干杯，为我们一定会想念的昨天。

让相爱的人更相爱，让不爱的人学会爱。两人干了一杯又一杯。剧情落幕，爱恨入土。我和你走过傲慢与偏见，彼此消失在茫茫的大雪里。

宇回到酒店，打电话给游，将在西班牙与小雅的相遇告诉了游。那些有如电影般的情节，在游的脑海中飘荡，一切都是那么真实，可是，她知道，今天的宇再也不会彷徨。

## 74. 印象里永恒迷人的光芒

这些幻象向她证实了爱人的存在，
巩固和活跃了她自身的生命。
…………………歌德

“我很孤单用英文怎么讲？”

“I love you.”

“你说的对吗？”

“对。”

“‘I love you’不是‘我爱你’的意思吗？”

“我很孤单。”

我从来不想在灯火阑珊时说爱你，也不想在黄昏雨后说想你，这一切都太简单，这一切都太通俗。在深夜里的想念是一把锋利的匕首，划过彼此的身体，最后谁也不会好受。

游在网上搜索小雅的信息，艺术家 Lluvia，按图索骥找到了她的工作室网站，游仔细地将小雅这些年写过的东西和设计的作品通通浏览了一遍，发现她的作品和文字都宛如凤凰涅槃，像是经历了一场浩劫，带有重生的力量，并且拥有不妥协的美感。

这个世界有太多想要去拥抱的人，但我们最终却没有去拥抱。面对着沉重的叹息和庞大的寂静，极力为自己找寻开脱的理由。怀念过去的事，更应该心仪未来的美好。此刻，当我们说起过去，已是风轻云淡，而不停止的脚步仍一直向前，寻找着属于自己的方向，或者是归途。

看完小雅的文字和作品，游的心里竟也有了一些敬佩之情。美好的东西总是让人向往，也总是容易让人理解和接受。就像自己笔下的文字，有时孤傲高洁，有时温暖朴素，无论立意与风格如何不同，她只是尽情享受笔锋流转时雪峰融化春水从指间缓缓流淌的感觉。自己喜欢，相同格调的阅读者亦会欣赏。

这时晴天从外面回来，一把抱住游，把脸贴在游的身体上蹭了蹭，然后抬起头看着游，眼神里充满依赖。游抱起晴天，凝神注视这个单纯的孩子，这个自己和宇爱的结晶，复杂的情绪瞬间释怀。

没有什么能够阻挡一个不属于你的人离去，也没有人可以阻止两个相爱的人在一起。

相爱的人本来就应该在一起，从黑夜到白昼，从瞬间到永远。游从心底相信，她和宇的爱情，就像自己手指上的钻石，闪烁着永远迷人的光芒。

## 75. 关于夜的记忆

对待生命你不妨大胆冒险一点，
因为好歹你都要失去它。
……………………尼采

天快亮了，宇还没有睡着，他瞧了一眼窗外，想象着阳光定是有什么难言之隐，才会躲藏起来，让这座城市下起了漫无边际的雨。下着雨的马德里有一些清冷，宇蜷缩在被子里，戴着耳塞听手机里新下载的音乐，不想起床。

在西班牙的这一周里，宇和小雅见了很多次面，除了艺术，其实他心底还有很多想说的话，可是每每话到嘴边，就又生生地咽了回去。

他记得有一年父亲骑自行车送他去上学，半路上他却跳下车子跑掉，鞋子被水冲走了一只，他赤着一只脚走在满是碎石路的街道上，脚底硌得生疼，他把自己内心的愤怒全部都发泄在疼痛上。他恨过父亲不理解他的想法，恨过父亲逼他穿上统一的校服，恨过父亲将他一头叛逆的头发梳剪整齐……可是就在他出离愤恨的时候，小雅走到他的身旁，不说话，就是这么安安静静地陪着他。

以至于后来他常常会想到那个夜晚，现实和幻境交相辉映的夜晚。月光和星星，暗河与荆棘。第一次亲吻，第一次春潮泛滥。

现在宇再回想起来为何当年那么执着于小雅，恐怕也无法解释得清楚，但只要一想起小雅，就会想到那个夜晚，唯独是那个夜晚。大概是因为孤独，孤独的小城被群山环绕，孤独的他走在浓郁的夜色

里，一片朦胧的记忆中，只有小雅扬起下颌的完美弧度清晰如初。

回忆里的场景像极了一幅色调浓郁的油画，线条复杂，回味无穷。

可是，现在的他们再也回不到那个夜晚。自从和游重新在一起之后，属于宇的夜晚，就被宁静和安稳占据，再也没有出现过那样的梦境。那样真实而又逼仄的梦境，彻彻底底地离他而去。

是游，将他从孤独中剥离出来，像是走出了一片雨水泛滥的深林，抬头，看见了阳光。

他忽然想起自己在婚礼上说过的话：游，谢谢你让我的生命不再孤独。

## 76. 大艺术家

如果有日你来到这里，
你将会懂得，
哪怕一座陌生的城市，
只要自己心中怀有一份期许，
那么一切都会烟消云散，
一切亦都会归于安和。
……………………沈怜词

记不清在哪本书里读到过这样的话："你说不畏将来，不念过去，而我想说，不忘过去，不念未来，只求当下。"迂回的句子，好像在梦里默念了很多遍。

马德里的最后一夜，宇在凌晨时分睡去，中午被酒店的服务电话叫醒，才知道小雅已经抵达酒店的楼下，宇匆忙将行李收拾好，拎着行李箱跑下来。

Lluvia，不好意思让你久等了，昨天忙着整理一些照片的文件，后半夜才睡，所以起来晚了。

哈哈，你确定真的是整理文件而不是因为想我吗？小雅笑意盈盈。好了，不跟你开玩笑了，呐，这是我的两幅作品，送给你，带回去后好好收藏，没准儿哪天你要是破产了还能拿出来变卖，救济你们的生活。

你的作品我收下，但是请放心，就算有一天我露宿街头，也一定会

保护好你的作品，让它流传千古。是吧，Lluvia，我的大艺术家。

宇将行李箱放到红色法拉利敞篷跑车的后备厢里，拉开副驾驶的门坐了进去，小雅发动车子，伴随着热烈的马达声，车子向机场方向驶去。

这一次宇和小雅互说再见，彼此没有一丝怨恨，不是永远不再见，也不是某一方不辞而别，而是像熟悉的朋友一样，互相拥抱着告别。

宇走到机场检票口，转身与小雅道别。他们握手。谢谢你，宇，认识你真好，不论是在懵懂的年纪遇到你，还是在经历世态炎凉后遇到你，每一次的相逢，你带给我的东西，都如同经历了一场心灵的旅行，让我勿忘心安，而这一切，都需要我用生命来感恩。

我也是。如此轻描淡写的三个字，却仿佛拥有无穷的力量。

宇踏上了回国的飞机，挥别了西班牙这个看似热情似火的国度。现在的自己，最想做的，就是回去拥抱那个为他热烈燃烧的爱人。

此时，游和晴天一直坐在首都机场 T3 航站楼的 STARBUCKS 里，等待从西班牙马德里过来的航班抵达。

当宇在电话中告诉游他乘次日的飞机回京时，她心里无数次怀揣的不安顷刻烟消云散。游下意识地紧紧握住晴天的手，晴天不禁有些不满地叫着，妈妈，你弄疼我了。

游不好意思地松开手。对不起，晴天，妈妈太想爸爸了。

妈妈，我也是。晴天小嘴一翘说。

远处，宇朝着他们母子二人缓缓走来，此时此刻的宇像是从云中走出，显得光芒万丈，终于近了，宇微微一笑，满满的都是温暖。宇把箱子放下，张开手臂怀抱晴天和游，在他们俩的脸颊上各自落下一吻。

回家咯，我的两个宝贝。

阳光下三个人远处走去的背影，定格成一幅美丽的画面。

## 77. 天色微亮，文字寂静

那些看得见自己身影的人，
一定有一双不同寻常的眼睛，
可以让被岁月催眠了的知觉尽早苏醒过来。
……………………祝勇

写作，是背叛和继承交织的过程。无论如何精心雕琢，自己写下的文字，回头再看时，总会有这样那样的遗憾。

最好的文字，是带着遗憾的文字。文字，没有完美，只有坚持。

这一日，游醒得很早，天色仍微黑，但再也无法睡去，忽然很想写字，起身坐在电脑前，手指跃动敲击，洋洋洒洒的文字喷薄而出。

### 1. 流年

太阳瘦了又瘦。似月，悬浮于微倦的天空。

岁月流转长，我亦飘零久。锦绣尘世，闲逸桃源，邂逅一些人，一些事，一些风景。有些铭心刻骨，有些四散纷飞，最终留在回忆里的，无论喧嚣还是陌生，无论繁华还是荒凉，任岁月来袭，皆栩栩如生。

等待城里的一片月光，柔滑似影，将我带入梦境。梦里江湖纠缠，徒见刀光剑影，只盼君有情，携手共度流年。

## 2. 明天

芒鞋高挂，蓑衣已朽。打马归去的远方，人心比想象还要凌厉。

深夜，黎明，霜花，冷石。

我用一把锋利的匕首，细致地割开异乡的窗。霓虹灯、高楼、长空、冷雨夜……万变不离其宗。

可是，手心冷涔，路途无穷。

红尘里修行，善念浮生，终究能扛起更多的明天。

## 3. 苍凉

宛若遭遇不幸，好像经受挫折。

仔细想想，只是，多了一些奔波，多了几回思考，多了几夜失眠。如此，而已。

心中所盼的，是活着，就好。

曾经这样说过。现在，再说，却，惊心。

他离开她，她离开他。

沿途的风景，即使再美，亦是月童渡河的苍凉。

回忆如能下酒
往事便可成一场宿命的醉

## 4. 背景

流年，岁月。两种说法，两种寓意。一样的时间，一样的剧情。

许多眼睛，都在闪烁。引颈长望，花落长窗。最冷的日子里，这期盼，像树上的鸟窝，藏着最瘦的那份思念。

夜凉如水，漫过头发、腰肢与手指，还有这薄薄的思念，都已幻化成了经年旧事的背景。

## 5. 命运

说到忧伤，人人都有自责的理由。痛苦谁都有，只是各自不同。

凡是经历的，都必须经历。凡是疼痛的，也必须疼痛。习惯和必然，终能将人心雕刻成花。

我隔着屏，静听王菲唱的《流年》:

爱上一个天使的缺点
用一种魔鬼的语言
上帝在云端只眨了一眨眼
最后眉一皱头一点

爱上一个认真的消遣
用一朵花开的时间
你在我旁边只打了个照面

五月的晴天闪了电

有生之年狭路相逢终不能幸免
手心忽然长出纠缠的曲线
懂事之前情动以后长不过一天
留不住算不出流年

遇见一场烟火的表演
用一场轮回的时间
紫微星流过来不及说再见
已经远离我一光年

有生之年狭路相逢终不能幸免
手心忽然长出纠缠的曲线
懂事之前情动以后长不过一天
哪一年让一生改变

想象着远方的白雪皑皑。寒冷，是不是已在窗外蔓延成灾?

仿佛有一个人，正穿越我的身体，带过清凉的风。

我问：你是谁? 她回答：是命运。

## 6. 美好

命运，是什么？汶川的坍塌，帝都的洪水，是吗？

凄然凝想，亦痴亦醉。能够活着，即便是带着眼泪和疼痛，都该俯首感谢命运的礼遇。

自少年时独坐窗前看日环食的那个下午起，好像就是这样想的。

没有永恒、没有誓言、没有完美、没有守候。存在的每一天，都是美好。

## 7. 瞬间

喜欢就会放肆，但爱是克制。《后会无期》里的对白很深刻。为此，我看懂了远古的预言。那天，我向西，走在护城河的对岸，看桥，斑驳的桥。

桥，一副毫不畏惧的样子，站在河流之上。经受着时间的洗礼，也经受着河水的叹息。

也许是因为揭开了谜底，当我一次次在黑暗中哭泣的时候，总有一种光亮闪耀在眼前。模糊而晶莹，遥远而美丽。

我知道了，当生活的压力和生命的尊严同时压在肩膀上的时候，笑一笑，一切都是承载而过的瞬间。

## 8. 葳蕤

很久没有书写文字了。原本应是循循善诱的年纪，也被我无语轻搁。

这段时间，我特别贪恋搭乘公交车。摇摇晃晃，时停时走。将许多细碎的念想，颠着、匀着。

那时年轻的我，安然地藏在心底一隅，未曾预期日后随年月增长的敦厚与沉着。

另一幅画卷里苍茫的风景和经过的田野，一同葳蕤生长在时光的疆域里。苍凉并挣扎着，灿烂并依赖着。

## 9. 寂寥

风继续吹，烟花易冷。四月，却不远了。

将一把“苦荞”放入透明的水杯里。上网，阅读“绿萼、芊子、落叶、沧浪、风月、枯叶、婉约……”

想象之内，苍穹之上，我们是分散的星子，飘落在渺茫的星空里，相互映照着、诉说着。

这一半的孤单，逐渐远了，还有这夜，随星子的陪伴，也就不再那么寂寥。

## 10. 灵魂

她说：如果风雨走了，就让灵魂回家。

他说：回到自己的身体，从此再也不会消失。

这是最好的结束语。给今夜的文字，和我们。

仿佛自己和自己的悠长对话，又如同王菲的歌曲般执迷不悔。游写完这篇文章，天已亮了。

## 78. 赤子之心

这是时间的孤岛，
我们也无处可逃，
长久的梦醒后，
却已经变老；
你所存在的孤岛，
我努力想要靠牢，
隔着这思念的海，
我到不了。
……………………陈慧婷

其实喜欢一个人的理由可以很简单，一开始你可能是因为他动听的声音、他好看的手指、他英俊的容貌，或者那天他正好穿了一件干净的白衬衣。后来慢慢地互相了解，互相触摸到内心，渐渐由喜欢演变成了爱，然而到最后你会发现，其实爱一个人根本不需要任何理由，就是在这一刻，你遇到了他，仅此而已。

时间如旅行，随着脚步的丈量，过往的景观纷纷后退，但是心灵日趋丰富。

三年后，晴天已经不再是那个只会玩闹的小男孩了，现在的他开始有了自己的秘密，他会因为要跟同桌的小女生分开而难过，也会因为看见死去的小金鱼而掉眼泪。

成长的忧伤漫无边际，年少的时光存在裂缝。

那天，晴天站在楼下的花坛旁，看着渐渐凋零的树叶随风落下，他蹲下来捡起一片，嘴里念念有词：是不是有一天，所有的人都会像秋天一样，随着树叶的落下而悄然远去。

游正好走过，听见了晴天说的话，走上前去抱住他，她并不希望自己的孩子在一个本应无忧无虑的年纪却像一个暮年老人般感叹人生。

晴天，任何事情都有它本来的方向，但妈妈希望你能开开心心地长大。

妈妈放心，我很开心，生活确实很值得期待，只是最近读了一本小说，小说里描述的故事结束得太快了，让我有些难过，因为我还不想让它完结。

那你就把它写出来，按照你自己的思维进行编排。

游有意识地培养晴天的阅读习惯，从《十万个为什么》到四大名著，从李白到朱自清，她很欣慰地看到幼小的晴天对文字充满了好感和新奇。

楼上的宇在接电话，挂断后，看着花园里的母子二人，思考了一段时间，然后推开窗户，把游叫上来。

游，刚才打电话的人是小雅，她似乎在西班牙遇见一些麻烦，可由于匆忙，她并没有说清楚事情的原委，只说希望我能够去一趟马德里。

小雅其实没有什么真正的亲人了，对于她而言，宇是她唯一能够依

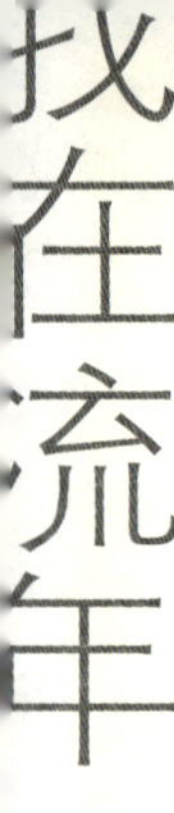



靠的人。游拥抱了一下宇，拍了拍他的后背。去吧，宇，有什么困难，随时给我打电话，家里的事情你放心，我自会照顾好的。晴天和我，都会乖乖地等你回来。

宇知道游会理解他，彼此的心，从来都不需要解释。

当生活越来越简单，终于发现爱的基础始终是信任。

## 79. 无法抑制的悲伤

悲伤有多种，
能加以抑制的悲伤，
未必称得上悲伤。
……………………木心

打开故事书翻到下一页，你说云落泪了风会吹干它，我问，风叹息了谁又能来安慰它呢？你笑而不语，然后安静地说，那就随它去吧。

宇下了飞机后直奔医院，推开病房的门，看见小雅躺在病床上，她紧闭着双眼，嘴角微微上扬，像是在做一个梦。似乎因为疼痛，表情有些许的扭曲。宇走到小雅的病床前坐下，紧紧地握住她的双手，瞬间，小雅感觉到了一个很舒适的温度从她的手掌心传来，顺着神经，直达大脑。小雅费力地睁开双眼，看见宇的面孔，心里忽然就有了一种踏实的感觉。她张了张嘴，想要说话，但话还未说出口，眼角就已经流出了泪水。宇轻轻替她擦拭泪水，嘱咐她躺好不要乱动。

宇，我有了自己的孩子，这是好事儿。你先别着急问，听我说完，因为我不知道还有没有时间把事件完整地叙述出来。

两年前，一次偶然的机会，我在一个艺术 party 上认识了一个装置艺术家 Marca，他下巴上留了一小撮很有造型感的胡子，穿着干净的白 T 恤，在人群中讲述着创作的灵感和作品的意义。他很会演讲，严肃中透着诙谐，结合自己创作的装置案例，同时还用帅气的容颜和生动的表情不断调动现场气氛，我也随着人群走近他，侧耳聆听他讲述艺术世界里的情与爱。

那天晚上，我们聊了很久，我被他身上扑面而来的艺术气质所吸引。他像是埋藏在云层深处的阳光，而我好像就是那个拨开云层终见阳光的人。他似乎对我也很感兴趣，提出想要看看我的设计作品。

那天晚上，我带 Marca 回到我的工作室，一起喝了几杯红酒，由于彼此的吸引，抑或是酒精的刺激，我们很自然地发生了关系。

过程是激烈和美妙的，这是除你之外，我唯一的性体验。Marca 在做爱时大声地呼喊我的名字，并且告诉我他对我一见钟情，无法自拔。我并不相信，我以为我们不过是萍水相逢，彼此都不会长久停留。

后来 Marca 对我展开了猛烈的追求，不断地送我鲜花和巧克力。有一个晚上，Marca 把我带到马德里郊外的一座山顶，从山顶的某个角落往下看，有一处空地，他用 999 支电子蜡烛在那里摆出了一个硕大的心形图案，中间是我的名字 Lluvia，但是当时四周太黑了，我什么也看不见，也并不知道遥控器在他的手里。他告诉我，Lluvia，你可以对着山下喊，“请给我力量，点燃这里的夜晚”。在我大声呼喊时，他悄悄地按动了藏在手里的遥控器，蜡烛在瞬间点亮，“Lluvia”的名字闪闪发光。

我输给了无法抵挡的浪漫，终于爱上了他。

最初我们在一起的生活很精彩，两个人也共同创作了一些设计作品，有时我觉得 Marca 成了我生命中无法逾越的劫数，如同当时的你。渐渐地，我变得开始依赖他，想要留住他，却发现他并不是一个愿意为了感情放弃自由的人。

直到有一天，我告诉 Marca 我怀孕了，他有些惊慌失措，他说他还没有做好当爸爸的准备，也从没有想过和另外一个人过稳定的家庭生活。我问他，那你会跟我结婚吗，他说他不会，他这一生都不会结婚，结婚会把他毁掉，让他失去艺术创作的自由和灵感。

那一晚，Marca 特别温柔，抱着我谈论了很久，关于我们的孩子，但是主题却是劝我将孩子拿掉，可是我已经不再年轻，我想要一个家，我想拥有自己的孩子，所以我拒绝了他。

我们大吵了一架，赌气之下，我让 Marca 离开，但是，他真的再也没有回来，也不再接听我的电话。我终于确定，寄希望于 Marca 能接受这个孩子，注定是一场徒劳。

我还是坚持把孩子生了下来，她的那一声初生的啼哭让我发自内心地感动，我很欣慰自己所做出的决定。孩子满月后，当我通过在政府工作的朋友终于找到了 Marca 时，他的身边已经有了别的女人，直到那一刻，我才恍然明白，或许我们之间并没有过爱情，我只是他寂寞时的玩伴，创作时的伙伴，仅此而已。

从那之后我就再也没有联系过 Marca，我不需要他的怜悯，我自己有能力抚养好我的孩子。可是，宇，就在孩子出生后不久，在医院的例行检查中，我发现自己患有严重的疾病。

宇，你了解我，我很乐观，对所有的事情都会抱有一丝善意的希望，不论是我们第几次的分开，还是 Marca 在马德里的出现与离开。可是这一次，我承认我输了，我的世界观竟然被彻彻底底地摧毁了。

## 80. 脆弱

颜色不可能，
有这样纯白的沮丧；
透明度也不可能，
有如此高的忧伤。
…………………方文山

是你陪我观看最美的烟火，是你陪我潜游最深的大海，所有的一切，好像都不是我一个人孤零零的幻觉。

记忆里漫长的冬季，可以淹没炎热的夏天；冷静清醒的温度，可以代替所有的季节。

仿佛所有婉转的故事，都无法摆脱离别的桥段；多少春去秋来的时间，始终无法丈量红尘的路途到底有多远。厌了，倦了，便要离开了。

人间烟火，噤若寒蝉。

你离开的时候，叶子疯狂地掉了。

这是小雅在自己的微博上写下的最后的句子。

曲终人不散。Lluvia 空间成为马德里恒久存在的城市建筑。

小雅的葬礼举办得很简单，甚至都没有任何的仪式。她在重症监护室里告诉宇，不想让太多人知道自己的离开，她想安静地走，生前不爱热闹，离开时也一样。

这天下着细密的小雨，牧师在台上说些什么，宇已经听不进去了。白墙上挂着小雅的一张黑白照片，里面的女子笑靥如花，这笑容看得宇心疼。宇走出去深深地吸了一口气，然后点燃了一根烟，烟着了很久，久到他都忘了去抽，直到烟头烫到他的手指，他才从这种切肤之痛中将恍惚的情绪抽离出来。

宇流不出眼泪，却有一种撕心裂肺的感觉，像是有什么东西从身体里抛离出去，自己伸出手来，却怎么也抓不住。这个世界上，从此再也没有了小雅，除了她留下的作品，他再也无从感知她的存在，不能触摸，也听不到声音。想到这里，宇的胸口就有一种窒息的感觉。

葬礼结束后，宇抱起小雅的孩子，仔细地端详，她还不会说话，睁着大大的眼睛看着宇。她长得很漂亮，倔强的模样像极了小雅。他看着她，想起小雅还没来得及给自己的孩子起名字，心里又泛起一阵忧伤。

宇喝了一杯柠檬红茶，让自己的心情平复下来，翻阅小雅的电话簿，找到孩子生父 Marca 的地址,Consuegra 风车小镇，小说《堂吉诃德》中曾经出现过的地名，距离马德里约两个小时的车程。

宇抱着孩子，坐上一辆出租车，径直往 Consuegra 风车小镇赶去。小镇的建筑都很有艺术范，一个个风车形态各异，不停地转动着。风车下面是一些商铺，贩卖着食品、纪念品、艺术衍生品。宇顾不上欣赏这个美丽如画的小镇，直奔那个西班牙男人 Marca 的家。

敲了几下门，听见应答的声音，开门的是一个棕色头发的妖艳女子，大开口的上衣露出了三分之二的乳房，黑色的平角底裤，巧克力色的赤裸长腿，宇有些不好意思地将头转过去。棕发女子抓起一件透明的纱裙披在身上，回屋时还不忘记和坐在院子里的男子亲吻一下。

宇走上前，对着院子里的男子说，你是 Marca？男子点了点头，下巴上的一撮小胡子非常醒目。宇将手中的孩子放在他身上，用英文告诉他，Marca，这是你的女儿。男子看了看怀中的女孩儿，一脸冷漠，笑了笑，说，No，No，No，然后把她还给了宇。

宇在离开时，狠狠地抽了 Marca 一个耳光，他没有想到 Marca 竟然如此冷漠，对小雅，甚至对自己的女儿。这是一个心中没有爱的男人，可是小雅的孩子该怎么办呢？此时，宇的心里忽然有了一个疯狂的想法，他要把小雅的女儿带回国，与游和晴天一起生活。

这个孩子是小雅的，也是她未尽的幸福。宇愿意竭尽全力，去维护去延续属于她的幸福。

生命和爱情都一样脆弱，有时不堪一击，有时却又强大到可以摧毁一切。世界充满了矛盾，索性什么都不要去想，昂首阔步地向前走就好。

## 81. 晴天白夜

我住在你那里，
却未曾抚摸你；
我周游了你的疆域，
却未曾见过你。
……………………阿多尼斯

若爱是光芒，你就是太阳；若你想要飞翔，我愿做你的避风港；当你不在我身旁，是最漫长的时光；当你疲倦的时候，我在这里等你返航。

宇抱着一个七个月大的女婴出现在游的面前，游愣了一下，然后似乎明白过来，她从宇手中将她接了下来，笑着逗了逗她，女婴咧开嘴巴对游呵呵直笑，嘴里嘟囔着不标准的音符，Mama，Mama。

想好给她取什么名字了吗？宇，你看，她有一双漂亮的眼睛。

宇思索了半天，思绪仿佛回到了与小雅第一次重遇时的情景，他带着她去兜风，她坐在副驾驶位上，打开窗户，任由风灌进她的身体里。他们在小城住下，她对宇大声说着，我们开一个摄影工作室吧。他想到了“白夜梦蓝”，以及那段在“白夜梦蓝”的日子，感觉就像是一杯隔夜的柠檬水，酸味更浓，许多印象却已不再新鲜。

给她取名白夜如何？宇认真地看着游说，夜不曾黑，因为有晴天，她就叫白夜吧。

我同意。晴天多了一个妹妹，他们可以一起成长。你看她混血的眼

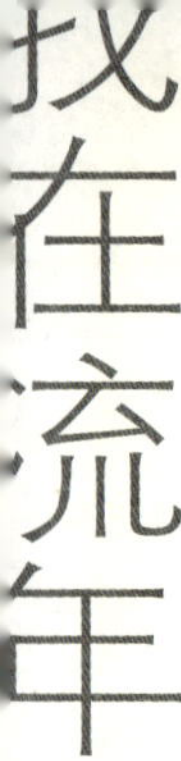



睛真好看，浅蓝色的眼珠中就像是隐藏了一片大海。

在马德里机场候机的时候，宇有些后悔，后悔自己一冲动将小雅的女儿带回来，可是，这是他必须要去完成的使命，她是小雅生命唯一的延续，也是小雅对自己的唯一要求。

直到在飞机上，宇仍然设想了很多回家见到游的情景。他怕游会生气，会掉眼泪。他心疼游的眼泪。游是自己最爱的人，让她难过就是自己的过错，那样自己的心会更加痛苦。他又想到可能的争吵，这么多年来他们从不吵架，他事事都让着游，包容她爱护她，由着她肆意，可是这一次，他不能退让，就算是争吵，他也要将这个混血的生命留下来，这一次，需要换成游来包容他了，无论今后付出什么样的代价，他都发誓要将小雅的孩子养大成人，像亲生父亲一样爱护她，直到有一日她和别人牵手走进婚姻的殿堂。

宇抱着小雅的孩子在门口犹豫了很久，最终还是决定敲门进去。到家后，游并没有与他争吵，在细致了解了原因后，她欣然接受了白夜。

游的体贴让宇感动，更欣慰的是连晴天都喜欢白夜，常常抱起她来，对着爸爸妈妈喊，我有妹妹啦。

晴天白夜，并肩成长。

此情此景，如果小雅在天堂能够看见，也会欣慰和满足。

## 82. 关于成长的博弈

就这样，
默默无语，
如果实藏进最初的花蕾。
……………………七月椰子

游思索着将晴天的书房改成一个婴儿室，专门用于抚养白夜。游将晴天书房里的东西全部搬进了自己平时写作的书房里，晴天在一旁默默地看着，游摸了摸他的脑袋，说，小伙子，以后你要跟妈妈共用一间书房了。

晴天天性聪颖，虽然只有十岁，却什么都知道，他静静地看着这个忽然降临到他身边的孩子，心里产生了抗拒的想法。过了最初拥有妹妹的新鲜劲儿，心底又有了疯长的嫉妒，他开始不想把白夜当成家人了，在晴天的意识里，白夜会抢走爸爸对妈妈的爱，也会抢走爸爸对自己的爱。

晴天开始变得沉默寡言，刻意地远离白夜，甚至有时会故意做出一些事情来博得宇跟游的关注。他会将白夜的奶瓶偷偷藏起来，也会故意在白夜睡着后把音乐声开到很大，他某些方面像极了年少时的宇，叛逆独立，用自己的方式对抗着这个世界。

有时晴天从学校回来，衣服弄得特别脏，进门也不换拖鞋，就往沙发上一躺，把脚翘在茶几上，戴着耳机听音乐，不说话，眼睛直勾勾地看着白色的天花板。

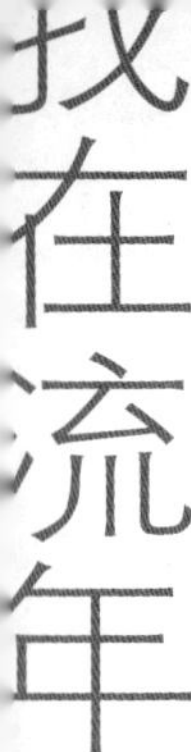



宇看着晴天，悄声对游说，只有你能解开儿子的心结，他一定是觉得白夜的到来让他失去了什么。

少年逆反，游洞若观火。

第二天，在送晴天上学的路上，游问他，你是不是最近有什么话想跟妈妈说?

没有。晴天冷淡地回答。

在妈妈小的时候，非常希望能有一个疼爱自己的哥哥，可是妈妈没有机会，别说哥哥，连弟弟都没有，长大了，常常一个人，直到遇见你爸爸。

你知道妈妈喜欢写字，在故事里讲述悲欢离合，每当从剧情中回归现实，就特别希望有一个兄弟姐妹在身边，有事情可以商量，有困难可以互助，有亲人陪伴着，温暖又美好，想起来都是奢侈的事情。

现在，妈妈都有些羡慕你了，羡慕你有一个妹妹，她还很小，像一张白纸，妈妈希望你能在她的生命里添上色彩。你想想，有一天当你长大的时候，你发现自己的行为深刻地影响着另一个人，那时候你该多么有满足感呢?

妈妈，白夜会抢走你和爸爸对我的爱吗? 晴天抬起头来，看着游。

晴天，白夜是你的妹妹，因为她的到来，爸爸妈妈的爱才会加倍，而且当她长大了，也会爱你，你想想，你是不是又多了一份来自妹妹的爱呢?

妈妈，我想让咱们一家人都开开心心的。

现在，白夜妹妹也是咱们的家人，她现在就是爸爸妈妈的孩子，也是你的妹妹，你要做个好哥哥，勇于承担身上多出来的一份责任，这样才能成长为男子汉。

嗯，我明白了，妈妈，我要成为男子汉，要有担当，做像爸爸那样的人。晴天一边说话一边点头，目光坚定地看着前方。

游很开心，虽然对于晴天而言，敞开心扉接受白夜仍需要一些时间，但是他相信晴天已经听懂了自己的话，他最终会成为一个好哥哥，因为他和宇一样，有着一颗友善而充满爱的心。

穷尽时间在路上，直至山水相逢。

人间在，你在，我在，真情在。

原来遗忘有时候也是一种幸福 当然只是暂时的

## 83. 最后的最后，凝望流年

这摇曳的一声声，
又凭谁的主意，
把那余剩的忧惶，
随着风冷，
纷纷掷给还不成梦的人。
……………………林徽因

不断重播逃跑计划乐队的《夜空中最亮的星》，游最近非常喜欢听这首歌，总觉得这首歌里有丰富的剧情。失望和希望，温暖和苍凉，与你有关的时光，无限漫长。

夜空中最亮的星　能否听清
那仰望的人　心底的孤独和叹息
夜空中最亮的星　能否记起
曾与我同行　消失在风里的身影
我祈祷拥有一颗透明的心灵　和会流泪的眼睛
给我再去相信的勇气　越过谎言去拥抱你
每当我找不到存在的意义　每当我迷失在黑夜里
夜空中最亮的星　请指引我走出去
夜空中最亮的星　是否知道
那曾与我同行的身影　如今在哪里
夜空中最亮的星　是否在意
是太阳先升起　还是意外先来临
我宁愿所有痛苦都留在心里　也不愿忘记你的眼睛
给我再去相信的勇气　越过谎言去拥抱你

每当我找不到存在的意义　每当我迷失在黑夜里
夜空中最亮的星　请照亮我前行
……

宇外出摄影，晴天带着白夜去上学了，游独自在家。她一边听着音乐，一边打开电脑，整理了一下思绪，开始在键盘上敲击。

我们在那个自以为很孤独的年纪，用身体宣泄着自以为是的情绪，心里装满了水，不敢动，怕淌出一地的忧伤。

站在午后的阳光下，沐浴着这冷冷空气中仅有的温暖。阳光倾泻在脸上。光秃秃的树枝上响起麻雀清脆的叫声。大街上车水马龙。

我们的心里，有过满心的想念，满心的失落和满心的不勇敢。

一段舒缓的钢琴曲，不知何时我们都开始向自由前进，在年少轻狂的时期，有过的感情，最后却只能用文字做媒，刻画当年刻骨铭心的痕迹。

微凉的风，落日的颜色，反光的琉璃瓦，被余晖环绕着的我们，最后渐行渐远。每一次的相逢，都是为了下一次的离别。每一次的离别，也都是为了下一次的相逢。

在静谧的夜晚里，我似乎可以听见远方的人在唱歌，那种敲击在心脏上的节奏，构成了回忆里最美的曲子。

那些曾经说着天荒地老的人，在还没有海枯石烂的时候就都因为这样那样的原因，渐渐迷失，散落在天涯。爱情有时很真实，有时却又像是虚

空的幻觉，所以到头来，最自以为是的人成了这个世界上最寂寞的人。他们多像无家可归的孩子，在众多个路口，失去了方向，终于不知所措，最后分道扬镳，所以，我们应该懂得感恩，应该学会如何拥抱幸福。

一把木吉他，一首简单的歌，一张老照片，一个深情的吻，都可以成为最珍贵的收藏。生命里始终有礼物的恩赐，我们才能一如既往地坚持走下去。

一直以为会改变的是别人，到最后才发现，自己才是走的最远的那个人。

这个城市总是有风，风起，心动，所以永远也不会寂寞。时间和记忆匆匆地从游的指尖掠过，像一幅渐次展开的画，终于在此刻，呈现出了最丰盈的全貌。

在未知的岁月里，无论记得也好，遗忘也好，仅以这些文字，作为对爱的纪念。纪念爱情、纪念别离、纪念快乐、纪念平静和安宁。

**如果真爱过你，我就不会忘记。你要始终记得这一句。**

烟花绽放，in the end。

# 叙述与完成

《我在流年这端等你》后记

2013 年春天，我更换了工作，就是在这一年，我开始创作我的第六部作品，也是我的第二部长篇小说《我在流年这端等你》，期间我从北京到深圳开始双城生活，又从特区回到帝都结束双城生活。故事写得旷日持久，没有刻意追求速度，只希望能够创作出一部拥有温度的文学作品。

在《我在流年这端等你》里我把时间跨度写得更长，似乎想对人性进行更深入的探寻，十分美好的愿望，却在实践过程中遭遇众多意想不到的困难。写好的提纲，记录在一个破旧的笔记本上，一直按照这个设定好的框架，循规蹈矩地书写，不曾想在某日，这本堪比文物的笔记本忽然失踪，我遍寻而不得之，只好痛定思痛，重新拟出了一个小说提纲。年龄增长，记忆退化，新写的提纲与旧版不能完全吻合，存在的差异需要重新对结构进行调整，偏偏我是金牛座，完美主义，自己跟自己较劲儿，翻来覆去地折腾了很久，终于搞定，开始文思如泉涌，下笔如有神之时，不期又遇工作调整。新的工作岗位由中后台管理岗走向了前台市场岗，从一位副职领导变成了带领整个团队的一把手，绩效与管理两翼齐飞。这一切对于我而言，都是全新的挑战，责任不小，压力更大，我不得不把几乎所有精力集中到工作上来，夜以继日，全神贯注，适应新的工作环境。好了，终于可以有精力继续书写这个故事的时候，我居然发现，灵感没了。

写不出东西憋着着急，还影响身心健康，干脆给自己放假，飞到昆明，租了一吉普车，从春城到大理到丽江再到香格里拉，吃了蘑菇盛宴，住了古城民宿，静观风花雪月，忘记生活疾苦，重新让自己进入预创作的

心态和节奏中。畅玩之后回京闭门写作，一台电脑，蜗居密室，空调不停，灯火不熄，三月不识肉味，2016 年的夏天，小说终于写完。

关闭电脑从小黑屋中走出的那一刻，惊觉青天白日，山河简静，一缕阳光从头顶缓慢经过，漫天的尘埃在我眼前轻轻地坠落，内心感觉到久违的酣畅，仿佛重获自由，再遇芳华，心里对未来有了更多元、更美好的期许。愿所有的浮躁得以宁静，愿所有的孤单得以圆满。

《我在流年这端等你》这部小说对我而言，具有非常重要的意义，它象征着我的转型，由青春文学的行列去往严肃文学的队伍。当然，我承认它仍有缺陷，需要在今后的创作中去弥补，在很多时候，我割舍不下一些附着在表层上的形式主义美感，如同偶像派演员，在演绎严肃电影的时候总是感觉有那么一点儿拧巴。当然，改变习惯的过程中常常会出现内分泌失调，但是这个转型的动作是必须完成的，这个转型的目标又是必须实现的，所以心理上的某些障碍也是必须要去克服的。

感谢网络中很多阅读者给予我的鼓励和赞赏，同样感谢网络中一些人给予我的批评和恶语中伤，关于赞赏和鼓励，我笑纳；关于批评和恶语，我亦欣然接受。因为这些，都有利于鞭策我的成长；因为这些评价，对于作品本身的立意已无足轻重。我记得庆山说过类似的话，一部文学作品完成，其实作者已然完成了自己的使命，好恶全在阅读者的眼中、口中、心中，我并不想去干扰。因为成熟理性的写作者，需要用释然的心来面对所有的评论。

在《我在流年这端等你》里我试图探索情感的真相和复杂的人性，宇的纠结和叛逆，游的坚持和彷徨，小雅的独立和脆弱，都表达出了人性的犹疑和不纯粹。有时真相会让人恐惧，但有时敬畏又会让人重新尊重人性。《我在流年这端等你》是一次实验，用文字探寻人性的过程，实际上也是心灵捕捉真相的过程。面对荒芜崎岖的道路，拥有坚持和勇敢，最终仍会柳暗花明。我始终认为，能在作品中诠释好人性的作家，才是真正有深度、有情怀的作家，我在朝这个方向奋力前行，很用心，也希望作为阅读者的你们，能够读懂我的努力。

故事迂回，文字柔软。叙述是时间的艺术，而完成叙述更像是时间叠加的结果。我痴迷于这个过程，并愿意为之恒久付出。

用新写的一首诗来结尾，墨迹未干，意犹未尽。我们的生活，不仅有诗，也有远方。

## 很多人不甘于寂寞

那些，在墙角悄然生长的绿色爬山虎
以恒久的姿势
攀爬

循着光
循着所谓的理想
无惧路途崎岖

偏偏很多人
不甘于寂寞
又偏偏生活
制造出太多沉默的情节

倾诉的完成，很无声
熟透的睡眠，很无声
七点升起的太阳，很无声
华丽庞大的城市，很无声

夜色倾斜
霓虹灯初初亮起
记住时间
和谁在耳鬓厮磨
而念念不忘的台词
始终是深情款款的一句
你好，我的爱人